DYLAN THOMAS

Unter dem Milchwald

EIN SPIEL FÜR STIMMEN

DEUTSCHE NACHDICHTUNG
VON ERICH FRIED
NACHWORT VON
HANS BENDER

PHILIPP RECLAM JUN. STUTTGART

Originaltitel: »Under Milk Wood«.
Erstsendung: BBC London, am 25. Januar 1954.
Deutsche Erstsendung:
NWDR Hamburg, am 20. September 1954.

Der englische Originaltext liegt in der Reihe »Fremdsprachentexte« in Reclams Universal-Bibliothek unter Nr. 9248 vor.

Universal-Bibliothek Nr. 7930

Mit Genehmigung des Verlages Herder, Freiburg im Breisgau
Gesamtherstellung: Reclam, Ditzingen. Printed in Germany 1994

ISBN 3-15-007930-6

(Stille, dann:)

ERSTE STIMME *(sehr leise)*

Anfangen, wo es anfängt:
Es ist Frühling, mondlose Nacht in der kleinen Stadt, sternlos und bibelschwarz, die Kopfpflasterstraßen still, und der geduckte Liebespärchen- und Kaninchenwald humpelt unsichtbar hinab zur schlehenschwarzen, zähen, schwarzen, krähenschwarzen fischerbootschaukelnden See. Die Häuser sind blind wie Maulwürfe (aber die Maulwürfe sehen gut heut nacht im schnuppernden samtigen Waldtal) oder blind wie Kapitän Cat in der eingemummelten Mitte der Stadt, beim Brunnen und bei der Stadtuhr, bei den Läden in Trauer, beim Wohlfahrtshaus im Witwenschleier. Und alle Leute in der eingelullten umstummten Stadt liegen und schlafen.
Sst! Die Babies schlafen, die Bauern, die Fischer, die Händler und Rentner, der Schuster, Schullehrer, Schankwirt und Briefträger, der Leichenbestatter und das leichte Weib, Säufer und Schneider, Pfarrer und Polizist, die schwimmfüßigen Muschelweiber und reinlichen Hausfrauen. Junge Mädchen liegen weich gebettet oder gleiten in ihren Träumen, mit Ringen und Ausstattung, von Glühwürmchen brautumjungfert, durch die gewölbten Schiffe des orgelspielenden Waldes. Die Burschen haben polternde Abendträume von den bockstößigen Viehhöfen der

Nacht und der fröhlichen seeräubergrölenden See. Und die Kohlenstatuen der Pferde schlafen auf dem Feld und die Kühe im Stall und die Hunde im naßdurchschnauzten Hof, und die Katzen dösen in schiefen Winkeln oder springen schlau und stricheln und sticheln auf der einen einzigen Wolke der Dächer.
Du kannst den Tau fallen hören und die eingewiegte Stadt atmen. Nur deine Augen sind aufgeschlossen und sehen die schwarze gefaltete Stadt fest und gelöst im Schlaf. Und nur du allein hörst den unsichtbaren Sternfall, das Dunkelste vor der Dämmerung, die winzige tauversengte Regung der schwarzen kliesschen-erfüllten See, wo alle Boote, die *Arethusa*, die *Schnepfe* und die *Lerche*, wo *Zanzibar* und *Rhiannon*, der *Freibeuter*, der *Kormoran* und der *Stern von Wales* auf den Wellen schaukeln und reiten.
Horch. Es ist Nacht. Sie zieht durch die Straßen, der wallfahrtend langsame salzig singende Wind in der Krönungsstraße und Muschelzeile; es ist das Gras, das auf dem Llareggub-Berg wächst, Taufall, Sternfall, der Schlaf der Vögel im Milchwald.
Horch. Es ist Nacht im kalten vierschrötigen Bethaus. Sie singt ihre Hymnen in Haube und Brosche, in Bombasinschwarz, mit Schmetterlingsbinde und Schnürsenkelschleife, hustet wie Ziegen, lutscht Pfefferminzzucker, gönnt sich ein Nickerchen Hallelujah; Nacht in der Schenkstube, still wie ein Domino; in Ocky Milchmanns Dachkammer wie eine Maus mit Handschuhen; in Dai Brots Backstube fliegt sie wie

schwarzes Mehl. Es ist heut Nacht in der Eselsstraße, die zottelt schweigend, mit Seetang an den Hufen, über das muschelig gerillte Pflaster, vorbei am Vorhang vor dem Blumentopf mit Farnen, an Wandspruch und Nippsachen, Harmonium und heiligem Anrichtetisch, handgemalten Aquarellen, Porzellanhund und blechrosiger Teebüchse. Es ist Nacht, die schnickt und schnackt ihr Iah in den Schnuckelnestern der Babies.
Sieh. Es ist Nacht, sie windet sich stumm und königlich durch die Kronjubiläums-Kirschbaumallee, sie geht durch den Friedhof von Bethesda, mit Handschuhen an den gefalteten Winden, mit abgenommenem Tau, und torkelt zur Seefahrerschenke.
Die Zeit vergeht. Horch, die Zeit vergeht.
Komm nur her.
Nur du kannst die Häuser schlafen hören, in den Straßen, in der langsamen, tiefen, salzigen, schweigenden, schwarzen bindenumhüllten Nacht. Nur du kannst in den vorhangblinden Schlafzimmern die Kämme sehen, die Unterröcke über den Stuhllehnen, die Krüge und Becken, die Gläser mit falschen Gebissen, an der Wand das »Du sollst nicht« und die vergilbenden Bitte-recht-freundlich-Bilder der Toten. Nur du kannst hören und sehen, hinter den Augen der Schläfer: die Fahrten und Länder, Labyrinthe und Farben, Bestürzungen und Regenbogen, Melodien und Wünsche; und Flug und Fall und Verzweiflungen, und die großen Seen ihrer Träume.
Kapitän Cat, pensionierter blinder Schiffskapitän,

schläft in seiner Koje in der meermuschelig flaschenschiffflotten, tipptoppen besten Kajüte von *Schonerhaus* und träumt von

ZWEITE STIMME

nie solchen Seen wie die, die die Deckplanken seines Dampfers *Kidwelly* spülten, die quellen über die Bettücher auf und saugen ihn quallenschlüpfrig hinab, salztief in die Klabauternacht, und die Fische schwimmen beißend herbei und nagen ihn ab bis aufs Gabelbein, und die längst Ertrunkenen nuscheln sich an ihn an.

ERSTER ERTRUNKENER

Denkst noch an mich, Kapitän?

KAPITÄN CAT

Du bist Williams, der Tänzer!

ERSTER ERTRUNKENER

Hab in Nantucket 'nen falschen Schritt getan.

ZWEITER ERTRUNKENER

Siehst du mich, Käpten? Den redenden weißen Knochen? Ich bin Tom-Fred, der Hilfsmaschinist . . . Wir haben mal beide dasselbe Mädel geteilt . . . Sie hieß Mrs. Probert . . .

FRAUENSTIMME

Rosie Probert, Entengäßchen 33. Kommt nur rauf, Jungens, ich bin tot.

DRITTER ERTRUNKENER

Halt mich, Kapitän! Ich bin Jonah Jarvis, hab ein böses Ende genommen, sehr vergnüglich . . .

VIERTER ERTRUNKENER

Alfred Pomeroy Jones, Zwischendecksadvokat, geboren in Mumbles, gesungen wie 'n Zeisig, gekrönt hab ich dich mit 'ner Kruke; tätowiert mit Seejungfrauen, durstig wie 'n Löffelbagger, gestorben an den Karbunkeln ...

ERSTER ERTRUNKENER

Dieser Knochenschädel an deinem Ohr ist ...

FÜNFTER ERTRUNKENER

Wuschelkopf Bevan. Sag meiner Tante: der die Kaminuhr mit den Goldarabesken versetzt hat, das war ich ...

KAPITÄN CAT

Aye, Aye, Wuschelkopf!

ZWEITER ERTRUNKENER

Sag meiner Alten, nein, ich hab niemals nicht ...

DRITTER ERTRUNKENER

Ich hab das nie getan, was sie gesagt hat, daß ich ... nie!

VIERTER ERTRUNKENER

Doch. Die haben es getan.

FÜNFTER ERTRUNKENER

Und wer bringt meiner Gwen jetzt Kokosnüsse und Schals und Papageien?

ERSTER ERTRUNKENER

Wie geht's bei euch oben?

ZWEITER ERTRUNKENER

Gibt's noch Rum zu trinken und Tang zu essen?

DRITTER ERTRUNKENER

Brüste und Rotkehlchen?

VIERTER ERTRUNKENER

Ziehharmonikas?

Fünfter Ertrunkener

Ebenezers Glocke?

Erster Ertrunkener

Keilereien und Zwiebeln?

Zweiter Ertrunkener

Und Spatzen und Gänseblümchen?

Dritter Ertrunkener

Stichlinge im Einmachglas?

Vierter Ertrunkener

Buttermilch und Windhunde?

Fünfter Ertrunkener

Baby zum Schaukeln?

Erster Ertrunkener

Wäsche an der Leine?

Zweiter Ertrunkener

Und alte Schachteln hinterm Ofen in der Kneipe?

Dritter Ertrunkener

Wie sind die Tenöre in Dowlais?

Vierter Ertrunkener

Wer melkt die Kühe in Maesgwyn?

Fünfter Ertrunkener

Wenn sie lacht, sieht man Grübchen?

Erster Ertrunkener

Wie riecht bloß Petersilie?

Kapitän Cat

Ach, meine toten Lieben!

Erste Stimme

Von dort, wo du bist, kannst du in der Muschelzeile, in der mondlosen Frühlingsnacht Miß Price hören,

Damenschneiderin und Inhaberin des Schokoladenladens, sie träumt von

ZWEITE STIMME

ihrem Herzallerliebsten, der aufragt, stattlich wie der Stadtglockenturm, mit Simsons sirupgoldener Mähne, gewaltigen Lenden und siedeheiß; mit Donnerkeilbaß und muschelbewachsener Brust, mit Augen wie Lötlampen peitscht er die Herzmuscheln auf und schwebt nieder und streicht dicht über ihren einsam liegenden, wärmflaschenliebenden Leib ...

MR. EDWARDS

Myfanwy Price!

MISS PRICE

Mr. Mog Edwards!

MR. EDWARDS

Ein Tuchhändler bin ich, und liebestoll! Ich liebe dich mehr als alles Flanell und Kaliko, Steppfutter, Barchent, Drell und Merino, Rohseide, Kretonne, Krepp, Musselin, Popelin, Drilch und Zwilch in der ganzen Tuchmarkthalle der Welt. Ich bin gekommen, um dich mitzunehmen, fort von hier, in meinen Basar am Berghang, wo das Wechselgeld durch die Rohrpost flutscht. Wirf deine kleinen Bettsocken weg und deine walisische Wollstrickjacke! Ich will dir selber die Bettücher heizen wie ein elektrischer Toaströster. Ich will dir zur Seite liegen, heiß wie der Sonntagsbraten.

MISS PRICE

Und ich will dir eine Brieftasche stricken, vergißmeinnichtblau, daß das Geld sich drin wohlfühlt. Ich will dein Herz am Feuer anwärmen, daß du es unters Leibchen schieben kannst, nach Ladenschluß.

MR. EDWARDS

Myfanwy, Myfanwy, bevor noch die Mäuse an deiner Hamstertasche nagen, sollst du mir sagen ...

MISS PRICE

Ja, Mog! ja, Mog! ja, ja, ja ...!

MR. EDWARDS

Und alle Glocken von allen Ladenkassen der Stadt sollen zu unsrer Hochzeit läuten.

(Läuten von Ladenkassen und Kirchenglocken)

ERSTE STIMME

Komm, weh hinauf durch die Finsternis, komm hinauf durch die wehende meerfinstere Straße, nun, in der dunklen Nacht, auf dem Weg, der sich auf- und abbewegt wie die See, zur bibelschwarzen, luftlosen Bodenkammer über dem Laden von Jack Black, dem Schuster. Dort liegt einsam und ingrimmig Jack Black und schläft im Nachthemd, das er sich mit Gummi an die Knöchel gebunden hat, und träumt, er

ZWEITE STIMME

verjagt die unanständigen Pärchen aus dem grasgrünen, johannisbeerstrauchelnden Doppelbett des Waldes und geißelt die Saufbolde und vertreibt die bloßen, losen, schamlosen Mädchen aus den Fünfgroschentänzen seiner schweren Träume.

JACK BLACK *(laut)*

Pfuideibel!
Pfuideibel!

Erste Nachbarin
Oben im Narrenhaus
Zweite Nachbarin
und schrie nach seiner Mutter.
Erste Nachbarin
Und jeden Sonnabend
Zweite Nachbarin
weiß er nicht, wo er steht
Erste Nachbarin
und treibt es immerzu
Zweite Nachbarin
mit dieser Mrs. Beattie Morris
Erste Nachbarin
oben im Steinbruch.
Zweite Nachbarin
Und habt ihr ihr Baby gesehn?
Erste Nachbarin
Das hat seine Nase.
Zweite Nachbarin
Ach mir blutet das Herz.
Erste Nachbarin
Und zu allem bereit, um zu trinken.
Zweite Nachbarin
Er hat's Pianola verkauft
Erste Nachbarin
und ihre Nähmaschine.
Zweite Nachbarin
Fällt in die Gosse
Erste Nachbarin
redet mit der Laterne

ZWEITE NACHBARIN
und was für Ausdrücke
ERSTE NACHBARIN
und singt laut auf dem Lokus.
ZWEITE NACHBARIN
Arme Mrs. Waldo.
MRS. WALDO *(in Tränen)*
Ach Waldo, Waldo!
MR. WALDO
Still, Liebste, still! Ich bin jetzt Waldo, der Witwer.
MUTTER *(schreiend).*
Waldo – Wal-do!
KLEINER JUNGE
Ja, Muttilein?
MUTTER
Du meine Güte, was werden bloß die Nachbarinnen sagen, was werden die Nachbarinnen . . .
DRITTE NACHBARIN
Schwarz wie ein Schornstein.
VIERTE NACHBARIN
Klingelt an den Türen.
DRITTE NACHBARIN
Zerbricht die Fenster.
VIERTE NACHBARIN
Macht Kuchen aus Lehmpampe.
DRITTE NACHBARIN
Stiehlt Korinthen.
VIERTE NACHBARIN
Und was er an die Wand schreibt.

Dritte Nachbarin
Hab ihn gesehen in den Büschen.
Vierte Nachbarin
Rumtreiber nicht zu erwischen.
Dritte Nachbarin
Ohne Abendbrot zu Bett schicken.
Vierte Nachbarin
Sennaschoten eingeben und im Dunkeln einsperren.
Dritte Nachbarin
Fort in die Besserungsanstalt.
Vierte Nachbarin
Fort in die Besserungsanstalt.
Beide
Zeigt's ihm mit dem Pantoffel auf dem Hintern.
Andere Mutter *(schreiend)*
Waldo, Wal-do! Was tust du mit unserer Matti?
Kleiner Junge
Gib mir einen Kuß, Matti Richards.
Kleines Mädchen
Gib mir 'n Penny dafür.
Mr. Waldo
Ich hab nur 'n halben Penny.
Erste Frau
Lippen kost 'n Penny.
Prediger
Willst du also diese Jungfrau Matti Richards
Zweite Frau
Dulcie Prothero
Dritte Frau
Effie Bevan

VIERTE FRAU

Leimsieders Lil

FÜNFTE FRAU

Mrs. Flusher

MRS. WALDO

Blodwen Bowen

PREDIGER

heimführen als dein entsetzlich angetrautes Eheweib?

KLEINER JUNGE *(schreiend)*

Nein, nein, nein!

ERSTE STIMME

Nun schläft Mrs. Ogmore-Pritchard in ihrem eisbergweißen heilig gewaschenen Krinolinennachthemd unter tugendhaft arktischen Bettüchern im geputzten und geleckten stäubchenlosen Schlafgemach in ihrem blitzblanken *Haus Seeblick*, Pension für zahlende Gäste am oberen Ende der Stadt. Mrs. Ogmore-Pritchard, zweimal verwitwet, nach Mr. Ogmore, Linoleum im Ruhestand, und nach Mr. Pritchard, verkrachtem Toto-Buchmacher, der zum Wahnsinn getrieben durch Fegen, Scheuern und Schrubben, durch die Stimme des Staubsaugers und den Duft der Bodenwichse, ironischerweise ein Desinfektionsmittel trank. Mrs. Ogmore-Pritchard also zappelt in ihrem keimfreien Schlaf, wacht im Traum auf, und stößt beide in die Rippen, den toten Mr. Ogmore, den toten Mr. Pritchard, gespenstig zu ihrer Rechten und Linken.

Mrs. Ogmore-Pritchard

Mr. Ogmore!
Mr. Pritchard!
Es ist Zeit, daß ihr euren Balsam inhaliert!

Mr. Ogmore

Ach, Mrs. Ogmore!

Mr. Pritchard

Ach, Mrs. Pritchard!

Mrs. Ogmore-Pritchard

Bald wird es Zeit sein, daß ihr aufsteht. Zählt eure Aufgaben auf, der Reihe nach!

Mr. Ogmore

Ich muß meine Pyjamas ins Schubfach legen, auf dem steht Pyjamas.

Mr. Pritchard

Ich muß mein kaltes Bad nehmen, das für mich gut ist.

Mr. Ogmore

Ich muß mein Katzenfell tragen, gegen Ischias.

Mr. Pritchard

Ich muß mich hinter dem Vorhang anziehen und meine Schürze umbinden.

Mr. Ogmore

Ich muß mir die Nase schnauben.

Mrs. Ogmore-Pritchard

Im Garten gefälligst!

Mr. Ogmore

In ein Stück Seidenpapier, das ich nachher verbrenne.

Mr. Pritchard

Ich muß mein Salz einnehmen, das kommt der Natur zu Hilfe.

Mr. Ogmore

Ich muß das Trinkwasser abkochen, wegen der Bazillen.

Mr. Pritchard

Ich muß meinen Kräutertee kochen, der frei von Tannin ist.

Mr. Ogmore

Und ich muß ein Tierkohlekeks essen, das für mich gut ist.

Mr. Pritchard

Ich darf eine Pfeife Asthmamischung rauchen.

Mrs. Ogmore-Pritchard

Im Schuppen, gefälligst!

Mr. Pritchard

Und die gute Stube abstauben und den Kanarienvogel mit Insektenpulver einstäuben.

Mr. Ogmore

Ich muß Gummihandschuhe anziehn und den Pekinesen nach Flöhen untersuchen.

Mr. Pritchard

Ich muß die Jalousien abstauben und dann muß ich sie hochziehen.

Mrs. Ogmore-Pritchard

Und bevor du die Sonne einläßt, sieh zu, daß sie sich die Schuhe abputzt!

Erste Stimme

Bei Metzger Beynons liegt tief im Traum die Tochter, Gossamer Beynon, Schullehrerin, räkelt sich zierlich unter einem flatternden Federbett aus Hühnerfedern, in einem Schlachthaus, das Zitzvorhänge hat und eine dreiteilige Garnitur, und findet ohne zu staunen in einer Papiertüte einen kleinen fix und fertigen Mann mit buschigem Schweif, der ihr zuzwinkert.

GOSSAMER BEYNON

Endlich, Geliebter,

ERSTE STIMME

seufzt Gossamer Beynon. Und der buschige Schweif wedelt derb und fuchsrot.

ORGEL-MORGAN

Hilfe!

ZWEITE STIMME

ruft Orgel-Morgan, der Organist, denn er hört im Traum

ORGEL-MORGAN

Unruhe und Musik in der Krönungsstraße! Alle Gattinnen hupen wie Gänse, und die Babies singen Oper. Polizeiwachtmeister Attila Rees schwingt seinen Knüttel und spielt am Brunnen Kadenzen. Die Kühe von der Sonntagsweide läuten wie Rentiere, und sieh nur, auf dem Dach der Händel-Villa trampelt die Frauenwohlfahrt in Schlüpfern im Mondschein.

ERSTE STIMME

Am Meerende der Stadt schlafen Mr. und Mrs. Floyd, die Muschelfischer, still wie der Tod, Seite an runzliger Seite, zahnlos, salzig und braun wie zwei alte magere Bücklinge in einer Kiste. Und hoch oben am Hang, auf der Salzseefarm, zählt Mr. Utah Watkins die ganze Nacht lang die eheweibgesichtigen Schafe, wie sie über die Hürden am Hügel springen, lächelnd und strickend und blökend, ganz wie Mrs. Utah Watkins.

MR. WATKINS *(gähnend)*

Vierunddreißig, Fünfunddreißig, Sechsunddreißig, Achtundvierzig, Neunundachtzig ...

MRS. WATKINS

Eine stricken,
eine aufheben,
zwei zusammenstricken,
die abgehobene überziehen ...

ERSTE STIMME

Ocky Milchmann, schlafertrunken oben in der Muschelstraße, schüttet seine Kannen in den Fluß Dewi

OCKY MILCHMANN *(flüsternd)*

Ohne Rücksicht auf die Kosten.

ERSTE STIMME

und weint dabei wie ein Leichenbegängnis.

ZWEITE STIMME

Cherry Owen, im Nebenhaus, hebt einen Humpen an die Lippen, aber kein Tropfen kommt heraus. Er rüttelt den Humpen. Der verwandelt sich in einen Fisch. Er trinkt den Fisch aus.

ERSTE STIMME

Polizeiwachtmeister Attila Rees plumpst aus dem Bett, blind für die Finsternis, immer noch schnarchend wie ein Nebelhorn, und zieht seinen Helm unter dem Bett hervor. Aber tief in einem Verschlag im Hinterhof seines Schlafes flüstert eine nörgelnde Stimme.

EINE STIMME

das wird dir aber morgen früh leid tun!

ERSTE STIMME

Und er hievt sich mit einem Ho ruck zurück ins Bett. Sein Helm schwappt in der Finsternis.

ZWEITE STIMME

Willy Nilly, der Briefträger, schläft am oberen Ende der Straße und geht wie jeden Tag seiner Nächte seine zwanzig Kilometer, die Briefe austragen, dabei klopft er vor jeder Haustür an Mrs. Willy Nilly an, daß es kracht.

MRS. WILLY NILLY

Bitte, bitte, nicht schlagen, Herr Lehrer!

ZWEITE STIMME

jammert seine Frau neben ihm, aber noch jede Nacht ihrer Ehe ist sie zu spät in die Schule gekommen.

ERSTE STIMME

Sindbad Seefahrer schläft über der Schenkstube der Seefahrerschenke und hält sein feuchtes Kissen umschlungen, das heimlich den Namen Gossamer Beynon trägt.

Ein Kobold kriegt Lily Smalls im Waschhaus zu fassen.

LILY SMALLS

Autsch, du alter Kobold!

ZWEITE STIMME

Mrs. Rose Cottages Älteste, Mae, streift ihre rosigweiße Haut ab, in einem Feuerofen in einem Turm in einer Höhle in einem Wasserfall in einem Wald, und wartet roh wie eine Zwiebel, daß Herr Geraderecht mit einem einzigen Satz durch die brennenden hohen hohlen Fälle von Waldlaub zu ihr heraufspringt, wie eine geölte Forelle.

MAE ROSE COTTAGE *(schmachtend, mit gezogener Stimme)*

Nenn mich Dolores,
so heißen sie in den Stories!

ERSTE STIMME

Einsam und allein bis an ihr Ende schnarcht Bessy Großkopf, billige Stallmagd, geboren im Armenhaus, nach Kuhdung riechend, laut und rasselnd auf einer Streu von Stroh in einer Bodenkammer der Salzseefarm und pflückt einen Strauß Gänseblümchen auf der Sonntagsweide, um sie auf Gomer Owens Grab zu legen. Denn Gomer Owen hat sie einmal hinter dem Schweinestall geküßt, als sie nicht schaute, und dann nie wieder, obwohl sie die ganze Zeit schaute.

Und die Tierschutzinspektoren fliegen hinab in Frau Metzger Beynons Traum, um Mr. Beynon gerichtlich zu verfolgen, denn er verkauft

METZGER BEYNON

Eulenfleisch, Hundeaugen, Menschenrippchen.

ZWEITE STIMME

Mr. Beynon rast in seiner blutigen Metzgerschürze die Krönungsstraße hinunter, einen Finger im Mund, aber nicht seinen eigenen. Ohne in seinem schlauen Schlaf eine Miene zu verziehen führt er seine Träume an der Nase herum und

Metzger Beynon *(deklamiert singend)*

reitet zur Jagd aus
hoch auf dem Schweinsrücken
und schießt das wilde
Gänseklein tot!

Orgel-Morgan *(hoch und leise)*

Hilfe!

Gossamer Beynon *(leise)*

Mein fuchsiger Geliebter!

Erste Stimme

Nun sieh hinter den Augen und Geheimnissen der Träumer, in den Straßen, die die See in Schlaf gewiegt hat, die

Zweite Stimme

Leckerbissen und Kuddelmuddel, Kringel und Knöpfe, Gepäck und Gebein, Asche, Schorf, Schuppen und abgeschnittenen Nägel, Speichel und Schneeflocken und gemauserten Federn von Träumen, die Wracke und Sprotten und Muscheln und Fischgräten, Walfischtran und Mondschein und salzige Kleinfische, ausgeworfen und aufgetischt von der verborgenen See.

Erste Stimme

Die Käuzchen jagen. Sieh, über den Grabsteinen von Bethesda kreischt eines, stößt nieder und fängt eine Maus, dicht bei Hannah Rees, unvergeßliche Gattin. Und in der Krönungsstraße, die nur du allein sehen kannst, weil es so dunkel ist unter dem Bethaus in den Himmeln, dreht sich Ehrwürden Eli Jenkins, Dichter und Prediger, im tiefen Morgendämmerschlaf auf die andere Seite und träumt vom

Eli Jenkins

Eisteddfodau *(dem großen, alljährlichen Sängerkrieg der Barden von Wales).*

Zweite Stimme

Er schmiedet die ganze Nacht lang in seinem fleckigen Druidennachthemd verschlungene Reime zur Musik des Crwth und des Pibgorn, in einem großen Bierzelt, das schwarz ist von geistlichen Herren.

Erste Stimme

Mr. Pugh, der Schulmeister, schläft viele Faden tief und stellt sich im Schlaf schlafend, schielt füchsisch aus dem Augenwinkel unter dem Rand seiner Nachtmütze hervor und zischt, pst:

Mr. Pugh

Mord!

Erste Stimme

Mrs. Orgel-Morgan, Ladeninhaberin, zusammengerollt und grau wie ein Murmeltier, mit den Pfoten an den Ohren, erträumt sich

Mrs. Orgel-Morgan

Stille.

Zweite Stimme

Wohllautend schläft sie in einem Nest aus Wolle, und der trompetende Orgel-Morgan an ihrer Seite schnarcht nicht lauter als eine Spinne.

Erste Stimme

Mary Ann Seefahrer träumt vom

Mary Ann Seefahrer

Garten Eden.

Erste Stimme

Sie geht in Arbeitskittel und Holzschuhen

Mary Ann Seefahrer

fort von der kühlen, gescheuerten Steinfliesenküche mit den Sonntagsschulbildern an der weißgetünchten Wand und dem Bauernkalender über der Ruhebank und den Speckseiten an den Räucherhaken, und geht die muschelumrandeten Wege jenes wunderbar angelegten Küchengartens hinunter, schlüpft unter den Zigeunerwäscheklammern durch und verfängt sich mit der Schürze in den Johannisbeerbüschen; vorbei an den Bohnenspalieren, am Zwiebelbeet und an den Tomaten, die an der Mauer reifen, zu dem alten Mann hin, der im Obstgarten das Harmonium spielt, und setzt sich neben ihn ins Gras und entschotet die grünen Erbsen, die durch den Schoß ihres Rockes wachsen, der den Tau streift.

Erste Stimme

In der Eselsstraße, eingehüllt in ein Fell von Schlaf, seufzen Dai Brot, Polly Garter, Boyo Nichtsnutz und Lord Kristallglas vor dem nahen Morgengrauen und träumen von

Mr. Dai Brot

Harems.

Polly Garter

Babies.

Boyo Nichtsnutz

Gar nichts.

Lord Kristallglas

Tick-tack, tick-tack, tick-tack, tick-tack ...

Erste Stimme

Die Zeit vergeht. Horch. Die Zeit vergeht.

Ein Käuzchen fliegt heim, an Bethesda vorbei, in ein Bethaus in einer Eiche. Und das Morgengrau kriecht herauf.

(Ein einziger ferner Glockenton, der leise nachklingt)

Erste Stimme

Steh hier auf diesem Berg. Das ist der Llareggub-Berg, so alt wie die Berge, und hoch, kühl und grün. Und von diesem kleinen Kreis von Steinen aus, den nicht die Druiden gelegt haben, sondern Mrs. Beynons Billy, kannst du unter dir im ersten Morgengrauen die ganze Stadt schlafen sehen. Du kannst die liebeskranken Holztauben im Bett gurren hören. Ein Hund bellt im Schlaf, viele Farmhöfe weit. Im erwachenden Dunst schlägt die Stadt Wellenkräusel, wie ein See.

Stimme eines Reiseführers

Nicht ganz fünfhundert Seelen bewohnen die drei altmodischen Straßen und wenigen engen Nebengassen und verstreuten Gehöfte, aus denen dieses kleine heruntergekommene Seebad besteht. Man kann es in der Tat als einen Nebenarm des dahinströmenden Lebens bezeichnen, ohne dabei den Bewohnern zu nahe treten zu wollen, welche sich bis auf den heutigen Tag ihre eigene gesalzene Art erhalten haben. Die Hauptstraße, Krönungsstraße genannt, besteht vorwiegend aus bescheidenen zweistöckigen Häusern, von denen viele versuchen, ein einigermaßen fröhliches Aussehen zu gewinnen, indem sie mit grellen Farben herausgeputzt und verschwenderisch rosa getüncht sind. Andererseits hat der Ort auch einige wenige anspruchsvollere Häuser aus dem 18. Jahrhundert aufzuweisen, die sich aber im großen und ganzen in einem traurigen Zustand des Verfalls befinden. Gibt es hier auch wenig, was den Bergsteiger, den Erholungsbeflissenen, den Sportsmann oder den Wochenend-Autofahrer anziehen könnte, so kann doch der besinnliche Gast, falls er sich hinlänglich angezogen fühlt, um einige Mußestunden zu erübrigen, in diesen Kopfpflasterstraßen und im kleinen Fischerhafen, in den verschiedenen merkwürdigen örtlichen Sitten und Gebräuchen und in den Gesprächen der Einheimischen einiges von jenem pittoresken Gefühl für die Vergangenheit finden, das in Städten und Dörfern, die mehr mit der Zeit gegangen sind, so häufig fehlt. Der Fluß Dewi soll reich an Forellen sein, die aber von den Ortsansässigen oft auf unsportliche Art gefangen werden. Das einzige Gotteshaus mit seinem vernachlässigten Friedhof ist baulich nicht von Interesse.

(Ein Hahn kräht)

Erste Stimme

Nun erhellt sich das Himmelreich über unserem grünen Hügel zu einem Frühlingsmorgen, durchschmettert von Lerchen, durchkräht und von Glocken durchläutet.

(Langsames Läuten)

Erste Stimme

Wer anders zieht am Strang der Rathausglocke als

der alte blinde Kapitän Cat? Einer nach dem anderen werden die Schläfer aus dem Schlaf geläutet, an diesem Morgen wie jeden Morgen. Und bald wirst du den langsam hochfliegenden Schnee der Schornsteine sehen, nun da Kapitän Cat in Matrosenmütze und Seestiefeln mit seiner lauten Raus-aus-den-Betten-Glocke den heutigen Tag verkündet.

ZWEITE STIMME

Ehrwürden Eli Jenkins im Bethesda-Haus tappt sich aus dem Bett und in seinen schwarzen Predigerrock, kämmt sein weißes Bardenhaar zurück, vergißt sich zu waschen, stapft barfuß die Treppen hinunter, öffnet die Haustür, steht im Hausflur, und wie er hinausblickt auf den neuen Tag und hinauf zum ewigen Berg, und das Meer branden hört und die Vögel kreischen, fallen ihm seine eigenen Verse ein, und er deklamiert sie leise der leeren Krönungsstraße vor, die aufsteht und ihre Jalousien hochzieht.

ELI JENKINS

Lieb Heimatland Wales, ich weiß, du hast
weit schönere Städte als meine
und höhere Berge in Wolkenlast
und blumenreichere Haine

Und lauschigre Wälder, drin heller erklingt
im Lenz der Vögelein Schlag,
und manch süßerer Barde als ich wohl singt
dein Lob in den jungen Tag.

Neben Cader Idris, sturmumtobt
und Moel yr Wyddfas Glanze,
Carnedd Llewelyn hochgelobt,
Plinlimmon im Sagenkranze,

Neben Bergen, in denen altersgrau
König Artus liegt, schlafgebannt,
ist der Llareggub-Berg nur ein Maulwurfsbau,
ein Zwerg in der Riesen Land.

Neben Senny, Dovey, Dee, Sawdde,
Edw, Eden, den Flüssen all,
neben Taff und Towy, breit und frei,
Llyfnant mit dem Wasserfall,

Neben Claerwen, Cleddau und manchem Fluß mehr,
neben Ely, Gwili und Nedd
ist unser Fluß Dewi nur klein, o Herr,
ein Kindlein im Binsenbett.

Neben Carreg Cennen, dem König der Zeit
ist unser Reiherkopf bloß
ein Fleck, wo die einsame Möwe schreit,
ein Felsstück, bewachsen mit Moos.

Unser Milchwald ist nur ein winziger Hain,
von ganz anderen künden die Sänger,
doch dürfte ich wählen, so wollte ich mein
ganzes Leben und länger

unter unseren Bäumen wandeln im Hag
und durch unsere Gäßchen und Gassen,
dem Fluß Dewi lauschen den ganzen Tag
und nie unsre Stadt verlassen.

ZWEITE STIMME

Ehrwürden Eli Jenkins macht die Haustüre wieder zu. Seine Morgenandacht ist zu Ende.

(Langsames Läuten)

ERSTE STIMME

Nun, endlich aufgeweckt von der Raus-aus-dem-Bett-(du Schlafmütze Polly setz den Kessel auf)-Rathausglocke, kommt Lily Smalls, Mrs. Beynons Perle, die Treppen herunter, mitten aus einem Traum von einer königlichen Persönlichkeit, die sich mit ihr die ganze Nacht lang keck in der Milchwaldfinsternis amüsiert hat, setzt den Kessel auf den Spirituskocher in Mrs. Beynons Küche, sieht sich in Mr. Beynons Rasierspiegel über dem Ausguß an und erblickt

LILY SMALLS

Was für eine Visage!
Wo hast du dein Haar her?
Von einem alten Kater.
Gib's zurück, Schatz!
Was für eine Dauerwelle!

Lily, woher hast du deine Nase?
Dummchen, hab ich von meinem Vater!
Hast sie aber verkehrt an,
was für eine Gurke!

Guck deinen Teint an.
Nein, guck du!
Braucht ein bißchen Puder,
braucht einen Schleier,
du mein, was für eine Schönheit!

Was grinst du so, Lil?
Geht dich nichts an, sei still,
Niemand hat dich lieb! Gib Ruh! –
Glaubst vielleicht *du*!

Wer ist's denn, der dich liebt?
Sag ich nicht.
Geh, sag doch, Lily!
Großes Ehrenwort also?
Großes Ehrenwort.

ERSTE STIMME

Und ganz leise, daß ihre Lippen fast ihr Spiegelbild berühren, haucht sie den Namen, und der Rasierspiegel wird trüb.

MRS. BEYNON *(laut, von oben)*

Lily?!

LILY SMALLS *(laut)*

Jawohl, Ma'am!

MRS. BEYNON

Wo bleibt denn mein Tee, Mädel?

LILY SMALLS

(leise) Wo glauben Sie? In der Katzenkiste?
(laut) Kommt schon rauf, Ma'am!

ERSTE STIMME

Mr. Pugh im Schulhaus gegenüber trägt Mrs. Pugh den Frühstückstee hinauf und flüstert auf der Treppe.

MR. PUGH

Da ist dein Arsenik, meine Liebe,
und deine Kekse mit Unkrautvertilger.
Ich habe deinen Sittich erdrosselt,
ich habe in die Vasen gespuckt,
ich habe Käse in die Mauselöcher getan.
Da ist dein . . .

(Tür knarrt auf)

. . . guter Frühstückstee, meine Liebe!

MRS. PUGH

Zuviel Zucker.

MR. PUGH

Du hast noch gar nicht gekostet, meine Liebe.

MRS. PUGH

Also dann zuviel Milch! Hat Mr. Jenkins schon sein Gedicht aufgesagt?

MR. PUGH

Ja, meine Liebe.

MRS. PUGH

Dann ist es Zeit aufzustehen. Gib mir die Brille. Nein, nicht die *Lese*brille. Ich will *hinaus*sehen. Ich will sehen, wie

ZWEITE STIMME

Lily Smalls, die Perle, unten auf der Straße auf ihren roten Knien die Stufe vor der Haustüre schrubbt.

Mrs. Pugh

Sie hat sich das Kleid in die Schlüpfer gestopft – nein, so eine Schlampe!

Zweite Stimme

Den Polizeiwachtmeister Attila Rees, der, breit wie ein Ochse, in wahren Flußkähnen von Stiefeln aus der Tür von Handschellenhaus gestapft kommt, rot wie ein Beefsteak und schwer aufgebracht, mit schwarz zusammengezogenen Brauen unter dem feuchten Helm ...

Mrs. Pugh

Ich sage dir, der geht jetzt Polly Garter verhaften.

Mr. Pugh

Warum denn, meine Liebe?

Mrs. Pugh

Weil sie immer Babies kriegt.

Zweite Stimme

... und hinunterpoltert zum Strand, um nachzusehen, ob die See noch da ist.

Erste Stimme

Mary Ann Seefahrer, die ihr Schlafzimmerfenster über der Schankstube öffnet und zum Himmel hinaufruft,

Mary Ann Seefahrer

Ich bin fünfundachzig Jahre alt, drei Monate und einen Tag!

Mrs. Pugh

Das eine muß man ihr lassen, sie irrt sich niemals.

Erste Stimme

Orgel-Morgan, der auf dem Sims seines Schlafzimmerfensters Orgelakkorde für die frühmorgendlichen Fischweibermöwen spielt, die über der Eselsstraße kreischen und sehen, wie

DAI BROT

ich, Dai Brot, ins Backhaus laufe, meine Hemdzipfel in die Hosen stopfe und meine Weste zuknöpfe. Päng, einer ist ab. Warum können sie keine Knöpfe annähen?! Keine Zeit zum Frühstück, nichts fertig zum Frühstück, dazu hat man Frauen!

MRS. DAI BROT EINS *(singende Stimme)*

Mich, Mrs. Dai Brot Eins, mit Häubchen und Schal, ohne garstiges Korsett! Nett, bequem zu sein; nett, nett zu sein. Ich klappere nur übers Pflaster, die Nachbarin wecken. Ach, Mrs. Sarah, Dai Brot hat das Brot vergessen. Haben sie für mich einen Laib, Liebe? Schöner Morgen, was? Was machen die Furunkel heut früh? Na, das hört man ja gern, nicht wahr? Doch was anderes, sich wieder setzen zu können. Dank auch schön, Mrs. Sarah!

MRS. DAI BROT ZWEI

Und mich, Mrs. Dai Brot Zwei, zigeunermäßig geputzt, unwiderstehlich im seidigen scharlachroten Unterrock, der die Knie freiläßt; schmuddlige, hübsche Knie; seht ihr mich, durch meinen Unterrock, braun wie eine Beere?! Schuhe mit hohen Absätzen, und der eine Absatz fehlt, Schildpattkamm in meinem glänzend schwarzen, strähligen Haar, und sonst gar nichts an, nur einen Tropfen Parfüm, und ich räkle mich geputzt in der Haustür, sag euch eure Zukunft aus Teeblättern, schneide der Sonne ein Gesicht, und zünde mir meine Pfeife an.

LORD KRISTALLGLAS

Mich, Lord Kristallglas, in einem alten Gehrock, der Eli Jenkins gehört hat, und alten Briefträgerhosen aus dem Wohlfahrtsbazar von Bethesda. Ich laufe heraus, das Schmutzwasser ausgießen – marsch, aus dem Weg, Rolf! – und dann lauf ich wieder hinein, tick-tack!

BOYO

Und mich, Boyo Nichtsnutz, ich mach mich nichtsnutz im Waschhaus.

MISS PRICE

Mich, Miß Price, in meinem hübschen bedruckten Hausrock, flink an der Wäscheleine, schmuck wie eine Zaunkönigin, dann tripp-trapp, zurück zu meinem Ei in seinem gestrickten Eiwärmer, zu meinem braungebackenen Toast, zu den selbsteingemachten Pflaumen und meinem Klümpchen Butter.

POLLY GARTER

Und mich, Polly Garter, unter der Wäscheleine. Ich gebe im Garten meinem neuen süßen Baby die Brust. Nichts wächst in unserem Garten, bloß Wäsche. Und Babies. Und wo ihre Väter leben, meine Lieben? »Über die Berge und Fluren weit.« Nun guckst du mich an, Kleines; ich weiß, was du dir denkst, du armes kleines Milchwurm! Du denkst dir: »Du bist auch nicht besser als du eben bist, Polly, und das ist gut genug für mich.« Ach, ist das Leben nicht wirklich schrecklich? Gott sei Dank!

(Ein einziger hoher Saitenakkord)

Erste Stimme

Nun spucken Bratpfannen und Kessel, und Katzen schnurren in der Küche. Die ganze Stadt riecht nach Seetang und Frühstück, von oben, von Haus Seeblick, wo Mrs. Ogmore-Pritchard in Ärmelschürze und Turban, besenbewehrt zum Kampfe gegen den Staub, an ihrem stärkelosen Brot knabbert und Zitronenschalentee nippt, bis hinunter zur unteren Hütte, wo Mr. Waldo in Melonenhut und Sabberlatz seine Bücklinge mit Hoppelpoppel hinunterschlingt und dazu scharfe Soße aus der Flasche schlürft. Mary Ann Seefahrer

Mary Ann Seefahrer

lobt den Herrn, der den Porridge erschaffen hat.

Erste Stimme

Mr. Pugh

Mr. Pugh

jongliert den Eierkuchen und denkt dabei an zerstoßenes Glas.

Erste Stimme

Mrs. Pugh

Mrs. Pugh

mißhandelt das Salzfaß.

Erste Stimme

Willy Nilly, der Briefträger

Willy Nilly

gießt seinen letzten Eimer schwarzen, brackigen Tee hinunter, stößt auf und steht auf und poltert o-beinig auf den gluckenden Hinterhof hinaus, wo die

Hennen zucken und picken und sich um ihre in Tee aufgeweichten Brotrinden zanken.

ERSTE STIMME

Mrs. Willy Nilly

MRS. WILLY NILLY

voll von Tee bis zu ihrem Doppelkinnrand, schlägt Blasen und brütet über ihrem Nest von Kesseln auf dem zischend heißen Herd, die immer bereit stehen, die Briefe aufzudämpfen.

ERSTE STIMME

Ehrwürden Eli Jenkins

ELI JENKINS

findet einen Reim und tunkt seine Feder in den Kakao.

ERSTE STIMME

Lord Kristallglas in seiner tickenden Küche

LORD KRISTALLGLAS

hüpft von Uhr zu Uhr, einen Bund Uhrschlüssel in der einen Hand, einen Fischkopf in der andern.

ERSTE STIMME

Kapitän Cat in seiner Kombüse

KAPITÄN CAT

blind und mit feinfühligen Fingerspitzen, kostet seine Kleinfische.

ERSTE STIMME

Mr. und Mrs. Cherry Owen, in ihrem Zimmer in der Eselsstraße, das Schlafkammer, gute Stube, Küche und Spülraum zugleich ist, setzen sich zum gestrigen Abendbrot aus in der Schale gekochten Zwiebeln und Kartoffelsuppe mit Speckrinde und Lauch und Markknochen.

MRS. CHERRY OWEN

Siehst du den Fleck an der Wand neben dem Bild der seligen Tante Blütchen. Dort hast du den Sago geworfen.

(Cherry Owen lacht vor Freude)

MRS. CHERRY OWEN

Du hast mich nur um Haaresbreite verfehlt.

CHERRY OWEN

Auch Tante Blütchen verfehle ich immer!

MRS. CHERRY OWEN

Weißt du noch, gestern abend?! Reingetorkelt kamst du, Junge, betrunken wie ein Abt, mit einem großen nassen Eimer und einem Fischkorb voll Schwarzbier. Und dann hast du mich angesehen und gesagt: »Der liebe Gott ist heimgekommen!« hast du gesagt. Und dann bist du – wupp – über den Eimer gefallen und hast dagelegen und geschrien, und der ganze Fußboden war voller Flaschen und Aale.

CHERRY OWEN

Hab ich mich verletzt?

MRS. CHERRY OWEN

Und dann hast du dir die Hosen ausgezogen, und dann hast du gefragt: »Will vielleicht jemand mit mir raufen?!« Ach, du alter Pavian!

CHERRY OWEN

Gib mir einen Kuß.

Mrs. Cherry Owen

Und dann hast du gesungen *Brot des Himmels,* Tenor und Baß zugleich.

Cherry Owen

Ich singe immer *Brot des Himmels.*

Mrs. Cherry Owen

Und dann bist du auf den Tisch gestiegen und hast ein wenig getanzt.

Cherry Owen

Wirklich?

Mrs. Cherry Owen

Geh zum Kuckuck!

Cherry Owen

Und was habe ich dann weiter getan?

Mrs. Cherry Owen

Dann hast du geweint wie ein Säugling und hast gesagt, du bist ein armes betrunkenes Waisenkind und hast nirgendwo hinzugehen als nur ins Grab.

Cherry Owen

Und was habe ich dann weiter getan, mein Schatz?

Mrs. Cherry Owen

Dann hast du nochmals auf dem Tisch getanzt und hast gesagt, du bist König Salomon Owen, und ich bin deine Mrs. Saba.

Cherry Owen *(leise)*

Und dann?

Mrs. Cherry Owen

Dann kriegte ich dich endlich ins Bett, und du hast die ganze Nacht lang geschnarcht wie eine Brauerei.

(Mrs. und Mr. Cherry Owen lachen)

Erste Stimme

Aus Metzger Beynons Haus in der Krönungsstraße stiehlt sich ein Duft nach gebratener Leber, und sein Atem riecht nach Zwiebeln. Und, hörst du?, im finsteren Frühstückszimmer hinter dem Laden genießen Mr. und Mrs. Beynon, bedient von ihrer Perle Lily Smalls, in den Pausen, wenn sie nicht gerade kauen, ihr allmorgendliches Gekabbel. Mrs. Beynon schiebt unter den Tischtuchfransen die knorpeligen Stücke ihrer dicken Katze zu.

(Katze schnurrt)

Mrs. Beynon

Die Leber schmeckt ihr, Ben.

Mr. Beynon

Wundert mich gar nicht, Beß, die ist doch von ihrem Bruder.

Mrs. Beynon *(kreischt)*

Du meine Güte! Hörst du das, Lily?

Lily Smalls

Jawohl Ma'am.

Mrs. Beynon

Wir essen Mietzekatze!

Lily Smalls

Jawohl Ma'am.

Mrs. Beynon

Ach, du Katzenschlächter, du!

Mr. Beynon

Der Kater war doch verschnitten.

Mrs. Beynon *(hysterisch)*

Was macht denn das für'n Unterschied?

Mr. Beynon

Gestern hatten wir Maulwurfsbraten.

Mrs. Beynon

Ach, Lily, Lily!

Mr. Beynon

Am Montag Otter, am Dienstag Feldmäuse.

(Mrs. Beynon kreischt)

Lily Smalls

Aber Mrs. Beynon, er ist doch der größte Lügner in der ganzen Stadt!

Mrs. Beynon

Untersteh dich nicht, über Mr. Beynon so etwas zu sagen.

Lily Smalls

Das weiß doch jeder, Ma'am.

Mrs. Beynon

Mr. Beynon lügt niemals! Nicht wahr, nein, Ben? Du tust doch so was nicht?

Mr. Beynon

Nein, Beß, tu ich nicht. So, und jetzt nehme ich mein kleines Schlachtbeil und hol' mir ein paar Corgihunde.

Mrs. Beynon

Ach, Lily, Lily!

Erste Stimme

Am oberen Ende der Straße, in der Seefahrerschenke, schenkt sich Sindbad Seefahrer, Enkel von Mary Ann Seefahrer, am sonnenbeschienenen Schenktisch ein Seidel ein. Das Schiffschronometer zeigt auf halb zwölf. Halb zwölf, da machen die Wirtshäuser auf. Die Zeiger des Chronometers zeigen schon seit fünfzig Jahren unverrückt auf halb zwölf. In der Seefahrerschenke ist es immer Zeit aufzumachen.

SINDBAD

Auf mein Wohl, Sindbad!

ERSTE STIMME

Überall in der Stadt werden Babies und alte Männer gewaschen, in ihre zerbrochenen Kinderwagen gesetzt und hinausgeschoben, auf das sonnenbeschienene gerillte Kopfpflaster, oder hinaus in die Hinterhöfe unter die tanzende Unterwäsche, und allein gelassen. Ein Baby schreit.

ALTER MANN

Ich will meine Pfeife, und er will seine Flasche.

(Schulglocke klingelt)

ERSTE STIMME

Nasen sind geputzt, Nissen gesucht, Haare gekämmt, Pfoten geschrubbt, Ohren gefeigt und die Kinder weggekreischt in die Schule.

(Kinderstimmen laut und wieder verklingend)

ZWEITE STIMME

Die Fischersleute brummen zu ihren Netzen hin. Boyo Nichtsnutz rudert das Boot *Zanzibar* hinaus, zieht die Ruder ein, treibt langsam dahin auf der kliesclhen-erfüllten Bucht, liegt auf dem Rücken im unausgeschöpften Wasser, zwischen Krabbenbeinen und verfitzten Leinen, und schaut hinauf zum Frühlingshimmel.

Boyo *(leise, faul)*
Ich weiß nicht, *wer* dort oben ist, und ich mach mir auch nichts draus.

Erste Stimme
Er wendet den Kopf, schaut hinauf zum Llareggub-Berg und sieht zwischen grünledernen Bäumen die weißen Häuser und verstreuten Farmen, wo Farmjungen pfeifen, Hunde schreien, Kühe brüllen. Aber alle zu weit, als daß er oder du es hören könnten. Und in der Stadt quieken die Ladentüren auf. In der Tür von Manchesterhaus nimmt Mr. Edwards in Schmetterlingskragen und Strohhut den Vorbeischlendernden Augenmaß zu gestreiften Flanellhemden und Leichentüchern und geblümten Blusen, und in der Dunkelheit hinter seinem Auge röhrt er sich zu

Mr. Edwards *(flüstert)*
Ich liebe Miß Price.

Erste Stimme
Im Postamt wird Sirup verkauft. Ein Auto fährt zu Markte, beladen mit Geflügel und einem Farmer: Milchkannen stehen an der Krönungsecke wie untersetzte silberne Polizisten. Und der blinde Kapitän Cat sitzt am offenen Fenster von Schonerhaus und hört den ganzen Vormittag der Stadt:
(Schulglocke im Hintergrund. Kinderstimmen. Klappern von Kinderschuhen auf dem Pflaster)

Kapitän Cat *(leise, für sich)*
Maggie Richards, Ricky Rhys, Tommy Powell, unsere Sal, der kleine Gerwain, Billy Swansea mit der

Hundestimme, einer von Mr. Waldos Jungen, Humphrey das Ekel, Jackie, der immer hochzieht ... Wo bleibt Dickies Albie? und die Jungen von Ty-Pant? Ob sie wieder Ausschlag haben?

(Plötzlich ein Schrei unter den Kinderstimmen)

KAPITÄN CAT

Jemand hat Maggie Richards geboxt. Zwei gegen eins, das war Billy Swansea. Einem Jungen, der bellt, ist nie zu trauen.

(Lautes Schreien wie Hundejaulen)

KAPITÄN CAT

Na, was hab ich gesagt: Billy.

ERSTE STIMME

Und das Schreien und Weinen der Kinderstimmen verklingt.

(Briefträger klopft laut an eine Tür. Fern)

KAPITÄN CAT *(leise, für sich)*

Das ist Willy Nilly, er klopft an die Haustür von Seeblick. Klopf, klopf, nur ganz leise. Der Klopfer hat einen Glacéhandschuh an. Wer hat denn Mrs. Ogmore-Pritchard einen Brief geschrieben?

(Wieder fernes Klopfen)

KAPITÄN CAT

Vorsicht, die schrubbt vor der Tür eisglatt. Jede Stufe glitschig wie eine Stange Seife. Gib acht auf deine Sechsundvierziger! Alt-Bessie möchte am liebsten noch die Wiese im Vorgarten bohnern, damit die Vögel ausrutschen.

WILLY NILLY

Morgen, Mrs. Ogmore-Pritchard!

Mrs. Ogmore-Pritchard

Guten Morgen, Briefträger.

Willy Nilly

Ein Brief für Sie, die bezahlte Rückantwort ist drinnen, und wissen Sie, wo der herkommt, den ganzen weiten Weg von Builth Wells. Von einem Herrn, der Vögel studieren will, und ob er zwei Wochen bei Ihnen wohnen kann, mit Bad, Vegetarier.

Mrs. Ogmore-Pritchard

Nein.

Willy Nilly *(überredend)*

Aber Sie würden doch gar nicht wissen, daß Sie ihn im Haus haben, Mrs. Ogmore-Pritchard. Kaum wird es Tag, wupp, wär' er doch aus dem Haus mit seinem Sack voller Brotkrumen und seinem kleinen Fernrohr …

Mrs. Ogmore

Und zu jeder Tages- und Nachtzeit kommt er dann heim, eingetunkt in Federn! In meinen ordentlichen sauberen Zimmern möchte ich keine Menschen haben, die auf meine Stühle atmen …

Willy Nilly

Meiner Treu, er wird nicht atmen …

Mrs. Ogmore

… und mit ihren Füßen auf meine Teppiche treten, und auf mein Porzellan niesen, und in meinen Betttüchern schlafen …

Willy Nilly

Er will doch nur ein *Einzel*bett, Mrs. Ogmore-Pritchard!

(Tür schlägt zu)

KAPITÄN CAT *(leise)*

Da geht sie zurück in die Küche, die Kartoffeln polieren.

(Schritte auf dem Pflaster)

ERSTE STIMME

Kapitän Cat hört Willy Nillys schwere Schuhe auf den fernen Pflastersteinen.

KAPITÄN CAT

Eins, zwei, drei, vier, fünf. Das ist Mrs. Rose Cottage. Was ist denn heute? Heute kriegt sie den Brief von ihrer Schwester in Gorslas.

Was machen die Zähne der Zwillinge?

Jetzt bleibt er vor dem Schulhaus stehen.

WILLY NILLY

Morgen, Mrs. Pugh. Mrs. Ogmore-Pritchard will einen Herrn von Builth Wells nicht bei sich wohnen lassen, denn er schläft sonst in ihren Bettüchern. Mrs. Rose Cottages Schwester ihre Zwillinge in Gorslas müssen sie sich ziehen lassen ...

MRS. PUGH

Gib mir das Paket.

WILLY NILLY

Das ist aber für *Mr.* Pugh, Mrs. Pugh.

MRS. PUGH

Das laß nur meine Sorge sein. Was ist drin?

WILLY NILLY

Ein Buch: *»Das Leben der großen Giftmörder«.*

KAPITÄN CAT

Und das ist *Manchesterhaus.*

Willy Nilly

Morgen, Mr. Edwards, gar nicht viel Neues heut. Mrs. Ogmore-Pritchard will keine Vögel im Haus haben und Mr. Pugh hat jetzt ein Buch gekauft, wo drin steht, wie er Mrs. Pugh umbringen kann.

Mr. Edwards

Hast du einen Brief von *ihr*?

Willy Nilly

Miß Price liebt Sie von ganzem Herzen. Heut riecht er nach Lavendel. Der Holunderwein ist beinahe zu Ende, aber die Quittenmarmelade wird gut, und sie stickt Rosen auf die kleinen Deckchen. Vorige Woche hat sie verkauft: drei Büchsen saure Drops, ein Pfund Malzzucker, eine halbe Schachtel Gummibonbons und sechs farbige Photos von Llareggub. Ewig Dein. Und dann einundzwanzig Kreuzchen.

Mr. Edwards

Ach, Willy Nilly, sie ist ein Rubin! Da hast du meinen Brief, bring du ihn zu ihr, ja?!

(Langsame Schritte auf dem Pflaster. Schnellere Schritte nähern sich)

Kapitän Cat

Mr. Waldo läuft in die Seefahrerschenke. Glas Vollbier mit 'm Ei drin.

(Schritte hören auf)

Kapitän Cat *(leise)*

Der kriegt auch einen Brief.

Willy Nilly

Wieder eine Vaterschaftsklage, Mr. Waldo.

Erste Stimme

Die schnellen Schritte eilen weiter über das Pflaster, und die drei Stufen hinauf in die Seefahrerschenke.

Mr. Waldo *(laut)*

Rasch, Sindbad! Glas Vollbier, und *kein* Ei drin.

Erste Stimme

Nun gehen Leute auf und ab über das holprige Kopfpflaster.

Kapitän Cat

Die Frauen sind heut vormittag alle draußen in der Sonne. Da merkt man, daß Frühling ist. Dort geht Mrs. Cherry, man erkennt sie an den Trippelbeinen. Auf und davon trippelt sie, frisch wie ein Gänseblümchen. Wer sind die, die dort am Brunnen reden? Mrs. Floyd und Boyo, reden von Flundern. Wie kann man bloß von Flundern reden? Und dort geht Mrs. Dai Brot Eins, wälzt sich die Straße hinauf wie Wackelpudding. Jedesmal, wenn sie schlenkert, macht's: Schwapp, schwapp, schwapp! Wer ist denn das? Frau Metzger Beynon mit ihrer schwarzen Lieblingskatze, geht ihr überall nach, miau und pff! und so weiter. Dort geht Mrs. Dreiundzwanzig, ein wichtiges, wichtiges Wesen. Die Sonne geht auf und geht unter in ihrer Wamme. Wenn sie die Augen zumacht, ist Nacht. Jetzt hohe Absätze, noch dazu am Vormittag. Mrs. Rose Cottages Älteste, Mae, süße Siebzehn und noch niemals geküßt, – ho-ho! Geht jung und auf Milch aus unter meinem Fenster vorbei aufs Feld mit den Ziegen. Die erinnert mich immerzu ... Kann nicht hören, was die Weiber da klatschen am Brunnen. Immer das gleiche. Wer ein Baby kriegt, wer wem ein blaues Auge geschlagen hat. Habt ihr gesehen? Polly Garter führt ihren Bauch ins Freie. Da sollte es doch ein Gesetz geben! Habt ihr Mrs. Beynons neuen lila Pullover schon gesehen, das ist ihr alter grauer, bloß neu aufgefärbt! Wer tot ist, wer stirbt, schönes Wetter heut, und wie teuer die Seifenflocken!

(Ferne Orgelmusik)

KAPITÄN CAT

Orgel-Morgan hält sich zeitig dran; da merkt man, daß Frühling ist.

ERSTE STIMME

Und er hört die Milchkannen klappern.

KAPITÄN CAT

Ocky Milchmann macht seine Runde. Das muß man ihm lassen: seine Milch ist frisch wie der Tau. Zur Hälfte ist sie ja Tau. Flenn nur weiter, Ocky, wässere die Stadt ... Jemand kommt. Jetzt können die Stimmen am Brunnen jemand kommen sehen. Still, jetzt sind sie still. Man kann's an der Stille hören, das muß Polly Garter sein. *(lauter)* Hallo Polly, wer ist da?

POLLY GARTER *(von ferne)*

Ich, Schatz.

KAPITÄN CAT

Wirklich, Polly Garter. *(leise)* Hallo, Polly, mein Schatz, kannst du das stumme Gänsezischen der Weiber hören, wie sie zusammenstecken und pecken oder sich aufplustern und wegwatscheln. Wer hat

dich wann liebkost, welches von ihren Gänsemännchen hat im Milchwald nach deinen schlimmen bemutternden Armen geseufzt, mein Schatz? Nach deinem Leib wie ein Schrank? Schrubbe nur im Wohlfahrtshaus den Boden für den Tanzabend des Mütterverbandes. Du bist eine Mutter, die nicht dabeisein wird, wenn die anderen ihre Rollschinkenhintern, ihre kuchenbreiten Butterfüßchen heute an diesem eheberingten ehrbaren Abend schwenken, unbekümmert, ob die tanzenden Brotverdiener, die sie aus dem gemütlichen Rauch der Seefahrerschenke zerren, alt und grau werden vor Langeweile.
(Ein Hahn kräht)

Kapitän Cat

Zu spät, Hahn, zu spät,

Zweite Stimme

denn die Stadt ist halb fertig mit ihrem Morgen. Und der Morgen ist fleißig wie Bienen.

Erste Stimme

Nun das Klipp-klapp der Pferde auf dem Sonnenhonigpflaster der summenden Straße, Hämmern von Hufen, Schlucken, Quaken und Schnattern, Zeisigzwitschern von den vogelleicht gebogenen Zweigen, Iah auf der Eselswiese. Brot wird gebacken, Schweine grunzen, hacke-hacke Metzger, Milchkannen läuten, Kassen klingeln, Schafe husten, Hunde schreien, Sägen singen. Oh, das Frühlingswiehern und Morgenmuhen von den holzschuhtanzenden Farmen, das Möwenkreischen und Gekrächze auf dem booteschaukelnden Fluß und Meer, und die

Kräuselmuscheln wie Blasen im Sand, das Strandläuferstelzen, Schnepfenschreien, Krähenkrächzen, Taubengurren, Glockenschallen, Stierbrüllen, und das schnickschnackende Klatschen der Bärenzwingerschule, und die Frauen, die scharren und gackeln in Mrs. Orgel-Morgans Kramladen, der alles führt, Vanillesoße, Eimer, Henna, Rattenfallen, Garnelennetze, Zucker, Briefmarken, Konfetti, Paraffin, Äxte, Pfeifen.

ERSTE FRAU

Mrs. Ogmore-Pritchard

ZWEITE FRAU

Hui, ganz oben hinaus!

ERSTE FRAU

hat einen Mann in Builth Wells,

DRITTE FRAU

und er hat ein kleines Fernrohr, mit dem er die Vöglein beobachtet,

ZWEITE FRAU

hat Willy Nilly gesagt.

DRITTE FRAU

Könnt ihr euch noch an ihren ersten Mann erinnern? Der hat gar kein Fernrohr gebraucht,

ERSTE FRAU

der hat durchs Schlüsselloch geschaut, wie sie sich ausgezogen haben,

DRITTE FRAU

und dann hat er Halali gerufen.

ZWEITE FRAU

Aber Mr. Ogmore war doch wirklich ein Gentleman.

Erste Frau
Wenn er auch seinen Colliehund aufgehängt hat.

Dritte Frau
Habt ihr Frau Metzger Beynon gesehen?

Zweite Frau
Sie hat gesagt, Metzger Beynon dreht Hunde durch den Wolf.

Erste Frau
Aber wo, er führt sie doch nur an der Nase herum;

Dritte Frau
Sagt ihr das ja nicht, sonst ist es aus mit der Freundschaft!

Zweite Frau
Oder sie glaubt gar, er will ihr auch noch die Nase abreißen und essen!

Vierte Frau
Eigentlich gibt's hier im Ort ganz eklige Leute, wenn man sich's so überlegt.

Erste Frau
Zum Beispiel nur dieser Boyo-Nichtsnutz.

Zweite Frau
Zu faul, sich die Nase zu putzen!

Dritte Frau
Und jeden Tag fährt er hinaus fischen, und alles, was er je heimgebracht hat, war eine Mrs. Samuels,

Erste Frau
und die hat schon eine Woche im Wasser gelegen.

Zweite Frau
Und wie ist denn das mit Ocky Milchmanns Frau, die hat noch nie jemand gesehen?

ERSTE FRAU

Er hebt sie im Wandschrank auf, bei seinen leeren Flaschen.

DRITTE FRAU

Oder denkt nur an Dai Brot mit seinen zwei Frauen!

ZWEITE FRAU

Eine für den Tag und eine für die Nacht.

VIERTE FRAU

Männer sind schon Biester, unter uns gesagt.

DRITTE FRAU

Und was macht denn Orgel-Morgan, Mrs. Morgan?

ERSTE FRAU

Sie sehen aber todmüde aus.

ZWEITE FRAU

Für ihn gibt's die ganze Zeit nur Orgel, Orgel und wieder Orgel.

DRITTE FRAU

Jede Nacht ist er bis Mitternacht auf und spielt Orgel.

MRS. ORGEL-MORGAN

Ja, ich bin eine Märtyrerin der Musik.

ERSTE STIMME

Draußen strömt die Sonne nieder auf die holterdipolternde Stadt. Sie läuft durch die Hecken der Stachelbeergasse und stößt die Vögel, daß sie singen. Der Frühling schwingt seine grüne Peitsche in der Muschelzeile, daß die Muscheln erklingen. An diesem Prachtstück von Morgen ist Llareggub eine warme wilde Frucht. Die Straßen, Felder, Watten und Wasser lenzen und glänzen in der jungen Sonne.

ZWEITE STIMME

Evans Leichenbestatter drückt mit seinen schwarzen Handschuhen fest auf den Sarg seiner Brust, damit ja nicht das Herz herausspringt.

EVANS *(streng)*

Wo bleibt deine Würde? Leg dich nieder!

ZWEITE STIMME

Der Frühling rührt Gossamer Beynon, Schullehrerin, um und um wie ein Löffel.

GOSSAMER BEYNON *(weinerlich)*

Ach, was kann ich bloß tun? Ich werde *nie* eine Dame sein, wenn ich so zucken muß.

ZWEITE STIMME

Der Frühling schäumt an diesem kräftigen Morgen als gewaltige Flamme im Eingeweide von Jack Black, der sich einen Schuh mit hohem Absatz für Mrs. Dai Brot Zwei, die Zigeunerin, vorgenommen hat. Aber Jack Black treibt ihn unerbittlich mit seinem Hammer aus.

JACK BLACK *(Im Takt des Hämmerns)*

Zum Fuß, der zu diesem Schuh gehört, gehört *kein* Frauenbein!

ZWEITE STIMME

Die Sonne und die grüne Brise machen Kapitän Cats Meererinnerungen wieder flott.

KAPITÄN CAT

Nein, *ich* werde die Mulattin nehmen! Herrgottsakra, wer ist hier Kapitän? Parlez-vous jig-jig, Madame?

Zweite Stimme

Mary Ann Seefahrer sieht aus dem Fenster ihres Schlafzimmers, in dem sie geboren ist, hinauf zum Llareggub-Berg und sagt ganz leise zu sich:

Mary Ann Seefahrer *(laut)*

Es ist Frühling in Llareggub, in der Sonne in meinem hohen Alter, und dies ist das Gelobte Land.

(Ein Chor von Kinderstimmen singt plötzlich ganz laut einen einzigen hohen, frohen, langgezogenen, seufzenden Ton)

Erste Stimme

Und in Willy Nillys, des Briefträgers, finsterer, brodelnder, feuchter, teebeschlagener, nebelschwarzer Gnomenküche, wo die fauchenden Katzen der Kessel auf dem Herd sich lüpfen und hüpfen, dämpft Mrs. Willy Nilly mit dem Kessel den Brief von Mr. Mog Edwards an Miß Myfanwy Price auf und liest ihn beim blinzelnden Scheine der Frühlingssonne durch das eine verrammelte, tränennasse Fenster laut Willy Nilly vor, und die halb benommenen, beklekkerten Hennen an der Hintertür winseln und jammern nach dem leckrig-lakritzigen, moorschwarzen Tee.

Mrs. Willy Nilly

Von Manchesterhaus, Llareggub. Alleiniger Besitzer Mr. Mog Edwards (vormals in Twll), Leinen- und Schnittwarenhändler, Herrenschneider, Kostümier. Feines Negligé, Unterwäsche, Nachmittags- und Abendkleider, Brautausstattungen, Windeln und Babywäsche. Fertigkleidung für alle Anlässe. Billige

Ausstattung für landwirtschaftliche Arbeiten unsere Spezialität. Ankauf gebrauchter Kleidung. Zu unseren zufriedenen Kundschaften zählen geistliche Herren und Friedensrichter. Anproben nach Vereinbarung. Wöchentliche Inserate im Anzeigenteil der »Posaune von Twll«. – Innigstgeliebte Myfanwy Price, meine himmlische Braut.

MOG EDWARDS

Ich liebe Dich, bis der Tod uns voneinander scheidet, und dann werden wir auf immer und ewig vereint sein. Ein neues Paket Bänder ist heute aus Carmarthen angekommen, in allen Regenbogenfarben. Ich wünschte, ich könnte ein Band in Dein Haar binden, ein weißes, aber es kann ja nicht sein. Vergangene Nacht habe ich geträumt, daß Du ganz tropfnaß auf meinem Schoß saßest, und Ehrwürden Eli Jenkins ging die Straße entlang an uns vorbei. Ach, ich sehe, Sie haben eine Meerjungfrau auf dem Schoß, sagte er und nahm den Hut ab. Er ist wirklich ein wahrer Christ. Nicht wie Cherry Owen, der sagte, hättest sie wieder ins Meer werfen sollen, sagte er. Die Geschäfte gehen sehr schlecht.

Polly Garter hat zwei Strumpfbänder mit Rosen gekauft, aber sie hat doch nie Strümpfe, also frage ich mich, wozu? Mr. Waldo hat versucht, mir ein Frauennachthemd, Übergröße, zu verkaufen. Er sagt, er hat es gefunden, na, wir wissen ja, wo. Ich habe einen Brief Stecknadeln an Tom Seefahrer verkauft, als Zahnstocher. Wenn die Geschäfte so weitergehen, komme ich noch ins Armenhaus. Mein Herz ist in

Deinem Busen, und Deines in meinem. Gott sei immer mit Dir, Myfanwy Price, und erhalte Dich lieblich für mich in Seinem Himmlischen Hause. Ich muß jetzt schließen und bleibe ewig Dein

Mog Edwards.

MRS. WILLY NILLY

Und dann kommt noch ein Gummistempel, auf dem steht: Kauft nur bei Mog. Drei Rufzeichen.

ERSTE STIMME

Und Willy Nilly stößt auf und steht auf und schlürft wieder hinaus in den Hinterhof, zum Holzhäuschen mit drei Sitzen, genannt das Unterhaus, wo die Hennen weinen, und sieht im jähen Frühlingslicht

ZWEITE STIMME

Heringsmöwen, die hinunter zum Hafen kreischen, wo die Fischer spucken, schwer an dem Morgen tragen und das glatte fischige Meer bis an sein stillblaues Ende absuchen. Grüngoldenes Geld, Tabak, Lachskonserven, Federhüte, Tiegel mit Fischpaste, Wärme für den kommenden Winter weben und hüpfen reich und schlüpfrig in Gestalt von blitzenden blanken Fischen in den kalten Meerstraßen. Aber mit blauen, faulen Augen starren die Fischer aufs milchmädchenflüsternde Wasser, auf dem keine Falte oder Welle zu sehn ist, als wehte es große Kanonen und Schlangen und einen Taifun auf die Stadt.

DIE FISCHER

Zu wild heute, um zu fischen.

ZWEITE STIMME

Und sie danken Gott und spucken nach einer Möwe,

denn das bringt Glück, und langsam und still wie Moos machen sie sich auf den Weg, den Strand hinauf, vom stillen, stillen Meer zur Seefahrer-Schenke, während die Kinder

(Schulglocke)

singend und wild zur Schule hinaus im Schmutzfinkenschulhof ausschlagen und tollen.

ERSTE STIMME

Und Kapitän Cat sitzt am Fenster und wiederholt leise für sich, was die Kinder singen.

(Kinder singen)

KAPITÄN CAT *(im Takt ihres Gesangs)*

Johnnie Stück und Flossie Schleimer
hielten ihr Baby in der Kuh ihrem Eimer,
Flossie Schleimer und Johnnie Stück,
Einer holt's raus und der andre tut's zurück.

Oh, jetzt bin *ich* dran, sagt Flossie Schleimer,
ich nehm das Baby aus der Kuh ihrem Eimer.
Und jetzt bin ich dran, sagt Johnnie Stück,
ich hau's auf den Kopf und tu's wieder zurück.

Johnnie Stück und Flossie Schleimer
hielten ihr Baby in der Kuh ihrem Eimer.
Eins tut's zurück und eins tut's heraus,
Und zu trinken kriegt's Bier in Saus und Braus.
Denn Johnnie Stück und Flossie Schleimer
sagten immer: Was Bessres weiß keiner
als Bier für ein Baby in der Kuh ihrem Eimer.

(Lange Pause)

ERSTE STIMME

Über dem Milchwald ist die Sphärenmusik deutlich vernehmbar. Und zwar der *Frühlingsstimmenwalzer*.

ZWEITE STIMME

Ein Gesangverein singt auf dem Friedhof von Bethesda, fröhlich aber gedämpft.

ERSTE STIMME

Die grünen Gräser feiern Hochzeit über den Tenören.

ZWEITE STIMME

Und Hunde bellen, bis sie blau im Gesicht sind.

ERSTE STIMME

Mrs. Ogmore-Pritchard rülpst in ein winziges Taschentüchlein und jagt den Sonnenschein mit einer Fliegenpatsche. Doch nicht einmal sie kann den Frühling vertreiben. Aus ihrer Fingerschale wächst eine Primel.

ZWEITE STIMME

Mrs. Dai Brot Eins und Mrs. Dai Brot Zwei sitzen vor ihrem Haus im Eselgäßchen, und die eine blüht dunkel, die andre blüht rundlich in der springlebendigen tauigen Sonne. Mrs. Dai Brot Zwei blickt in eine Kristallkugel, die sie im Schoß ihres schmutziggelben Unterrocks an ihre festen braunen Lenden preßt.

MRS. DAI BROT ZWEI

Daß dir Künftiges wird bekannt,
leg mir Silber in die Hand.
Aus unsrem Haushaltsgeld. – Aah!

Mrs. Dai Brot Eins

Was siehst du denn im Kristall, Liebste?

Mrs. Dai Brot Zwei

Ich sehe ... ein Federbett. Mit drei Kissen drauf. Und ein Spruch hängt über dem Bett. Ich kann nicht lesen, was da steht, denn es wehen wilde Wolken durch meinen Kristall. Jetzt sind sie weggeweht. »Gott ist die Liebe«, steht da.

Mrs. Dai Brot Eins

Das ist *unser* Bett.

Mrs. Dai Brot Zwei

Nun ist's verschwunden. Die Sonne dreht sich wie ein Kreisel. Wer ist denn das, der da aus der Sonne kommt? Ein haariger, kleiner Mann mit dicken rosigen Lippen. Er hat ein Glasauge.

Mrs. Dai Brot Eins

Das ist Dai! Das ist Dai Brot!

Mrs. Dai Brot Zwei

Sst, das Federbett treibt auf der Wolke wieder zurück, und jetzt zieht der kleine Mann die Schuhe aus, er zieht das Hemd über den Kopf, er trommelt mit den Fäusten auf seine Brust. Er klettert ins Bett.

Mrs. Dai Brot Eins

Weiter, weiter!

Mrs. Dai Brot Zwei

Da liegen zwei Frauen im Bett. Er wendet den Kopf hin und her und sieht sie beide an. Er pfeift durch die Zähne; und jetzt schlingt er die kurzen Arme ganz fest um die eine Frau.

Mrs. Dai Brot Eins

Welche denn, welche?

Mrs. Dai Brot Zwei

Ich kann nichts mehr sehen. Es wehen wieder wilde Wolken!

Mrs. Dai Brot Eins

Ach, nichts gönnen sie einem, die ekligen ollen Wolken!

(Pause. Kindersingen verklingt)

Erste Stimme

Der Morgen ist voller Singen. Ehrwürden Eli Jenkins macht seine Morgenbesuche als Seelenhirte, er bleibt vor dem Wohlfahrtshaus stehen, um Polly Garter zu hören; die schrubbt den Boden für den Tanz des Mütterverbands heute abend und singt dabei:

Polly Garter

Ich liebt' einen Mann, und sein Name war Tom,
der war zwei Meter lang, und der hat mich so genomm',
ich liebt' einen Mann, und sein Name war Dick,
der war breit wie 'ne Tonne und 'nen Meter dick.
Und ich liebt' einen Mann, und sein Name war Harry,
sechs Fuß hoch und süß wie Sherry,
doch am meisten liebt' ich, ob ich wachte oder schlief,
den kleinen Willi Winzig, der ist sechs Fuß tief.

Ja, Tom, Dick und Harry, das waren drei Feine,
und so wie die mich liebten, so lieben sonst keine,
doch der kleine Willi Wie, der nahm mich aufs
Knie;
den kleinen Willi Wiesel liebt' ich mehr als sie.

Die Männer von jedem Kirchspiel in der Rund,
die rennen mir nun nach und die rollen mich am
Grund,
doch mit wem ich's auch treibe, gemütvoll oder
keck,
Johnny vom Hügel oder Ozean-Jack,
wenn die tun, was sie wollen, dann lieg' ich nur
und träume
von Tom, Dick und Harry, die so groß war'n wie
die Bäume,
doch am allermeisten denk ich, wenn mich wieder
einer warb,
an den kleinen Willi Wie, der sich legte und starb.

Ja, Tom, Dick und Harry, das waren drei Feine,
uns so wie die mich liebten, so lieben sonst keine,
doch der kleine Willi Wie, der nahm mich aufs
Knie,
den kleinen Willi Wiesel liebt' ich mehr als sie.

ELI JENKINS

Gott sei Lob und Dank! Wir sind eine musikalische
Nation,

Zweite Stimme

sagt Ehrwürden Eli Jenkins und eilt weiter durch die Stadt, um seine Kranken zu besuchen, mit Wakkelpudding und mit Gedichten.

Erste Stimme

Die Stadt ist so voll wie das Ei einer verliebten Taube.

Mr. Waldo

Dort geht Ehrwürden Eli Jenkins,

Erste Stimme

sagt Mr. Waldo am bücklingbraunen Fenster der ungewaschenen Seefahrerschenke,

Mr. Waldo

mit seinem Regenschirm und mit seinen Oden. Schenk nur voll, Sindbad, ich gönn mir mal was!

Zweite Stimme

Die schweigenden Fischer gießen ihr Bier hinunter.

Sindbad

Ach, Mr. Waldo,

Erste Stimme

seufzt Sindbad Seefahrer,

Sindbad

ich bin vernarrt in diese Gossamer Beynon.

Zweite Stimme

»Liebe« singt der Frühling. Das Gras ist ein Federbett, das federt unter den Vogelsteißen und Lämmern.

Erste Stimme

Und Gossamer Beynon, Schullehrerin, vom Löffel

des Frühlings gerührt und bebend, unterrichtet ihre Kuddelschmuddelklasse.

KINDERSTIMMEN

Es wor a Knobe und sei Lieb
mit A und O und A-Nonnino ...

GOSSAMER BEYNON

(mit übertrieben sorgfältiger Aussprache)

Aber nain, Kinder, nain, eure Aussprache!

Es war ain Knabe und sain Lieb
mit hai und ho und hai nonino ...

SINDBAD

Ach, Mr. Waldo,

ERSTE STIMME

sagt Sindbad Seefahrer,

SINDBAD

sie ist eine Dame vom Scheitel bis zur Sohle!

ERSTE STIMME

Und Mr. Waldo, der sich eine Frau vorstellt, sanft wie Eva und scharf wie Ischias, die sein Brotpuddingbett mit ihm teilen soll, antwortet:

MR. WALDO

Keine Dame, die *ich* kenne, ist Dame vom Scheitel bis zur Sohle.

SINDBAD

Und wenn bloß Großmutter sterben wollte, so wahr ich lebe, ich würde niederknien vor ihr und sagen, Miß Gossamer, würde ich sagen,

KINDERSTIMMEN

wenn Vögel singen kling, kling, kling,
wer liebt, der liebt den Früh-hü-ling.

Zweite Stimme

Polly Garter liegt immer noch auf den Knien und singt:

Polly Garter

Ja, Tom, Dick und Harry, das waren drei Feine,
und so wie die mich liebten, so . . .

Kinderstimmen

Kling, kling!

Polly Garter

. . . mich keine!

Erste Stimme

Und der Vormittagsunterricht ist vorbei. Und Kapitän Cat an seiner vorhangverhängten Schonerstückpforte, die für die Gezeiten der Frühlingssonne offensteht, hört die schlimmen Kinder mit ihren Liebespfänderspielen auf dem Kopfpflaster klappern und reimen.

Mädchenstimme

Gwennie, ruf die Jungs,
die machen so'n Gesums!

Mädchen

Jungen, Jungen, seid froh!
Kommt alle her zu mir; so!

Mädchenstimmen

Jungen, Jungen, seid froh!
Küßt Gwennie, sie sagt euch wo.
Oder gebt ihr einen Penny. –
Mach weiter, Gwennie.

Mädchen

Küß mich bei der Tenne,

oder gib mir einen Penny.
Sag deinen Namen.

ERSTER JUNGE
Roy.

MÄDCHEN
Küß mich bei der Tenne, Roy.
Oder gib mir einen Penny, Boy!

ERSTER JUNGE
Gwennie, Gwennie,
ich küß dich bei der Tenne,
jetzt schuld ich dir keinen Penny.

MÄDCHENSTIMME
Jungen, Jungen, seid froh!
Küßt Gwennie, sie sagt euch wo.
Oder gebt ihr einen Penny! –
Mach weiter, Gwennie!

MÄDCHEN
Küß mich auf dem Llareggub-Berg,
oder gib mir einen Penny.
Sag deinen Namen.

ZWEITER JUNGE
Johnnie Christo.

MÄDCHEN
Küß mich auf'm Llareggub-Berg, Johnnie Christo,
oder gib mir einen Penny, Mister!

ZWEITER JUNGE
Gwennie, Gwennie,
ich küß dich auf'm Llareggub-Berg,
jetzt schuld ich dir keinen Penny.

MÄDCHENSTIMMEN

Jungen, Jungen, seid froh!
Küßt Gwennie, sie sagt euch wo.
Oder gebt ihr einen Penny. –
Mach weiter, Gwennie!

MÄDCHEN

Küß mich im Milchwald,
oder gib mir einen Penny.
Sag deinen Namen!

DRITTER JUNGE

Dicky Bell.

MÄDCHEN

Küß mich im Milchwald, Dicky Bell,
oder gib mir einen Penny, schnell.

DRITTER JUNGE

Gwennie, Gwennie,
ich kann dich im Milchwald nicht küssen!

MÄDCHENSTIMMEN

Gwennie, frag ihn, warum nicht.

MÄDCHEN

Warum nicht?

DRITTER JUNGE

Weil meine Mutter sagt, ich darf nicht.

MÄDCHENSTIMMEN

Feigling, Feigling, Schafsgesicht,
gib Gwennie einen Penny!

MÄDCHEN

Gib mir einen Penny.

DRITTER JUNGE

Ich habe keinen Penny.

Mädchenstimmen

Werft ihn in den Fluß,
daß er saufen muß!
Schnell, schnell, Schmutzfink Dicky Bell!
Mit einem Rhabarberstecken
versohlt ihm das Fell!
Hopp, los, auf!

Erste Stimme

Und die schrillen Mädchen kichern und herrschen ihn an und quieken und packen und schlagen drein, und er plärrt davon, den Hügel hinunter, und verliert seine geflickte Hose, und sein tränenfleckiges Hochrot brennt den ganzen Weg entlang, denn die siegesjohlenden Schwestern kreischen wie Krähen mit Knöpfen in den Krallen, und ihre Rabenbrüder schreien ihm seinen Kleinkinderspitznamen nach und seiner Mutter Schande und seines Vaters böses Treiben mit den losen wilden barfüßigen Weibern von den niedrigen Hütten hoch in den Bergen. Das alles hat gar nichts zu bedeuten, aber er heult nach seiner Milchmutti, nach ihrer Buttermilch und ihrem Porree und Kuhgeruch und Waliser Kuchen, und dem dicken geburtenduftenden Bett und der mondhellen Küche ihrer Arme; und er wird es niemals vergessen, wie er nun tränenblind heimwatet durchs weinende Ende der Welt.

Dann balgen sich seine Quälgeister und laufen in die Muschelzeile, in den Schokoladenladen, mit ihren Pennies, klebrig wie Honig, um von Miß Myfanwy Price, die sich geputzt brüstet wie ein aufgeplustertes Rotkehlchen, mit kleinen runden Hinterbacken prall wie Zecken, Lutschkugeln groß wie Beulen zu kaufen, die in allen Regenbogenfarben leuchten, wenn man leckt, und Likörkugeln, Weinbonbons, hundert und tausende, Lakritzenstangen, so süß, daß dir schlecht wird, Nougat, das man dehnen kann, in Streifen wie eine zweite rote Zunge aus Kautschuk, Kaugummi, der klebt gut in Mädchenlocken, hochrote Hustenpastillen, um Blut zu spucken, Eistüten, Löwenzahn- und Klettensaft, damit das Geld alle wird, Zitronenlimonade, Kirschen- und Himbeerbrause, und Sodawasserknall und Schaum und Wind.

ZWEITE STIMME

Gossamer Beynon stelzt hoch zu Absatz zur Schule hinaus. Die Sonne summt nieder, durch die Baumwollblumen auf ihrem Kleid schnurstracks in ihre Herzglocke, und summt im Honig dort drinnen und küßt und schmiegt sich träg liebend und trunken in ihre Brust mit den roten Beeren. Augen laufen von den Bäumen und Straßenfenstern, in deren heißem Hauch das Wort »Gossamer« steht, und ziehen sie aus bis auf die Beeren und Bienen. Sie lodert nackt vorbei an der Seefahrerschenke, die einzige Frau auf dem Adamsapfel des Erdballs. Sindbad Seefahrer legt seine andächtig ziegenbärtigen Hände auf ihre Lenden, die immer noch taufeucht sind vom ersten Hahnenschreigarten, wo Manna und Männertreu wachsen.

GOSSAMER BEYNON

Und wenn er auch gewöhnlich ist, das macht mir gar nichts aus!

Zweite Stimme

flüstert sie ihrem unschuldstiefen Ich zu.

Gossamer Beynon

Ich will ihn auffressen, mit Stumpf und Stiel! Und wenn er auch Dialekt spricht!

Zweite Stimme

sagt sie zum weltmutter-splitternackten, starkknochig evahüftigen Springbrunnen ihres Ich

Gossamer Beynon

solange er nur ganz aus Gurke und Hufen besteht!

Zweite Stimme

Sindbad Seefahrer sieht sie vorbeigehen, sittsam und stolz und ganz Lehrerin, in ihrem gestärkten geblümten Kleid, im Schatten ihres Hutes, und ohne sich nur ein einziges Mal umzusehen oder sich zu wiegen und zu schlenkern, des Metzgers nie schmelzende Eisjungfrauentochter, auf immer verschleiert vor der hungrigen Umarmung seiner Augen.

Sindbad Seefahrer

Oh, schöne, schöne Gossamer Be,
ich wollte, ich wollte, ich hätt' dich zur Eh.
Ich wollte, du wärst nicht so studiert!

Zweite Stimme

Sie fühlt, wie sein Geißbockbart sie in der Mitte der Welt kitzelt wie eine Strähne von drahtigem Feuer, und sie wendet sich wonneschauernd ab von seinem Geißbart und den Geißeln seiner feurigen Brunst und setzt sich in die Küche an einen Teller voll Bratkartoffeln und Lämmernieren.

Erste Stimme

Im jalousienblinden, dunkel verhangenen Eßzimmer des Schulhauses, das staubt und hallt wie ein Eßzimmer in einer Gruft, schweigen Mr. und Mrs. Pugh über ihrem zerlaufenen Auflauf aus kaltem grauem Fleisch. Mr. Pugh gabelt einen leblosen Bissen auf und liest dabei *Das Leben der großen Giftmörder*. Er hat das Buch in undurchsichtiges braunes Packpapier eingeschlagen. Zwischen unlustigen Bissen schielt er listig hinüber zu Mrs. Pugh; er vergiftet sie mit giftigen Blicken. Dann liest er weiter. Er unterstreicht manche Absätze und lächelt still vor sich hin.

Mrs. Pugh

Leute mit Kinderstube lesen nicht bei Tische,

Erste Stimme

sagt Mrs. Pugh. Sie schluckt eine Verdauungstablette, so groß wie eine Pferdepille, und trinkt trübes Erbsensuppenwasser nach.

(Pause)

Mrs. Pugh

Manche Leute sind in Schweineställen aufgewachsen.

Mr. Pugh

Schweine lesen nicht bei Tisch, meine Liebe.

Erste Stimme

Verbittert schnippt sie den Staub vom zerbrochenen Salzfaß. Er fällt auf den Auflauf wie Nieselregen.

Mr. Pugh

Schweine können nicht lesen, meine Liebe.

Mrs. Pugh

Ich kenne eines, das kann.

Erste Stimme

Allein im zischenden Laboratorium seiner Wünsche schleicht Mr. Pugh zwischen argen Kufen und Retorten umher, geht auf Zehenspitzen durch Dickichte von mörderischen Kräutern; Todeskrämpfe tanzen in seinen Schmelztiegeln, und er mischt eigens für Mrs. Pugh einen giftigen Haferbrei, unbekannt allen Gerichtsmedizinern; der wird durch ihre Adern sengen und schlangen: ihre Ohren fallen dann ab wie Feigen, ihre Zehen schwellen wie schwarze Ballons, und Dampf sprüht kreischend aus ihrem Nabel.

Mr. Pugh

Du mußt es ja am besten wissen, meine Liebe,

Erste Stimme

sagt Mr. Pugh, und taucht sie blitzschnell in Rattengiftsuppe.

Mrs. Pugh

Was ist das für ein Buch neben deinem Trog, Pugh?

Mr. Pugh

Ein theologisches Werk, meine Liebe. *Das Leben der großen Heiligen.*

Erste Stimme

Mrs. Pugh lächelt. Ein Eiszapfen entsteht in der kalten Luft der Eßgruft.

Mrs. Pugh

Ich habe dich heute früh mit einer Heiligen sprechen sehen. Mit der heiligen Polly Garter. Sie hat gestern nacht wieder das Martyrium erlitten. Mrs. Orgel-Morgan hat sie mit Mr. Waldo gesehen.

Mrs. Orgel-Morgan

Und wie sie mich gesehen haben, da taten sie, als ob sie Vogelnester suchten,

Zweite Stimme

sagt Mrs. Orgel-Morgan zu ihrem Mann, den Mund voller Fische wie ein Pelikanschnabel.

Mrs. Orgel-Morgan

Aber wer sucht schon Vogelnester in langen Unterhosen wie Mr. Waldo, oder mit den Kleidern fast über dem Kopf, wie Polly Garter. Nein, mir können sie nichts vormachen.

Zweite Stimme

Ein Pelikanschluck und die Flunder ist runter.
Sie leckt sich die Lippen und stichelt wieder munter.

Mrs. Orgel-Morgan

Und wenn du bedenkst, wieviel Kinder sie schon hat, dann kann ich nur sagen, sie sollte lieber aufhören, Vogelnester zu suchen, das ist alles, was ich sagen kann. Das ist nicht die rechte Art Unterhaltung für eine, die nicht nein sagen kann, nicht einmal zu Zwergen. Kannst du dich noch an den winzigen Bob Spit erinnern? Der war selber nicht größer als ein Baby, und doch hat sie zwei von ihm. Aber es sind zwei nette Jungens, alles was recht ist, Fred Spit und Arthur. Manchmal mag ich Fred lieber und manchmal Arthur. Welcher ist denn dir der liebste, Orgel-Morgan?

Orgel-Morgan

Mir der liebste? Bach natürlich, gar kein Zweifel. Johann Sebastian Bach allemal!

Mrs. Orgel-Morgan

Du, Orgel-Morgan, du hast nicht ein Wort von dem gehört, was ich gesagt hab! Für dich gibt's immer nur Orgel, Orgel, nichts als Orgel ...

Erste Stimme

Und sie bricht in Tränen aus. Mitten in ihrer Salzflut gabelt sie einen kleinen Fisch auf und pelikant ihn mit *einem* Schluck hinunter.

Orgel-Morgan

Und dann Palestrina,

Zweite Stimme

sagt Orgel-Morgan.

Erste Stimme

Lord Kristallglas in seiner Küche voll Zeit hockt sich allein zu einer Hundeschüssel, auf der »Pluto« steht, mit gepfefferten Fischresten, und lauscht den Stimmen seiner sechsundsechzig Uhren – eine für jedes Jahr seines überdrehten Alters – und sieht voller Liebe ihre schwarz-weißen Mondgesichter mit lauten Lippen, die die Welt von hinnen nach dannen ticken: langsame Uhren, zu schnelle Uhren, pendelschwingende Herzschlagwerke, Porzellanuhren, Weckuhren, Großvateruhren und Kuckucksuhren; Uhren in Gestalt von Noahs summender Arche, Uhren, die rasseln in Marmorschiffen, Uhren im Schoß von Frauen aus Glas, stundenglasklingende Glockenuhren, Käuzchenuhren, Spieluhren, Vesuvuhren mit Lava und schwarzen Glocken, Niagarauhren mit Ticktackkatarakten, alte-Zeitbeklagende Uhren mit elfenbeinbärtigem Chronos, Uhren ohne

Zeiger, die früh und spät die Zeit nur austrommeln und nie wissen, wie spät es ist.
Seine sechsundsechzig Sänger sind alle verschieden gestellt. Lord Kristallglas lebt in einem belagerten Haus und wohnt in einem belagerten Leben. Jede Minute oder jeden dunklen Tag kann nun der unbekannte Feind den Hügel herab sengen und rauben, aber ihn werden sie nicht im Schlaf überraschen. Sechsundsechzig verschiedene Zeiten in seiner fischschleimigen Küche halten Wache. Kling und Schlag, und Tick und Klang und Tack.

ZWEITE STIMME

Die Lust und das Lied und der Schaum und die smaragdene Brise und das Schnattern des Vogeljauchzens und der Leib des leibhaftigen Frühlings mit Brüsten voll flußfließender Maimilch, all das bedeutet für diesen Lord Fischkopfabnager nichts als wieder größere Nähe der Stämme und Flotten des letzten schwarzen Tages, die sengen und brennen den Götterdämmerungshügel herab gegen seine doppelt versperrte fensterverrammelte ticktackstaubverkritzelte Bruchbude unten am Ende der Stadt, die Hals über Glocken verliebt ist.

POLLY GARTER

Und so wie die mich liebten, so lieben sonst keine,

ZWEITE STIMME

summt Schön-Polly voller Sehnsucht.

POLLY GARTER *(singt)*

Wenn ein Junge von der Farm am ersten schönen Tag

vom Hügel kommt und trinkt, und treibt es, wie
er mag,
noch eh die Sonne sinkt, lieg ich in seinem Arm.
Ach, die guten bösen Jungen von der einsamen
Farm!
Doch ich denk jedesmal, wenn die Liebe in uns loht,
an den kleinen Willi Winzig, der ist tot, tot, tot.

(Stille)

ERSTE STIMME

Der sonnige, langsam lullende Nachmittag geht gähnend durch die nickende Stadt. Die See leckt und läppert und flutet träge, mit schlafenden Fischen in ihrem Schoß. Die Weiden sind still wie Sonntag; die Stiere mit geschlossenen Augen und Troddeln, die Waldtäler mit Ziegen und Gänseblümchen halten wohlig und ruhig ihr träges Schläfchen. Die stummen Ententeiche dösen. Wolken senken sich als weiche Kissen auf den Llareggub-Berg. Schweine grunzen im nassen Suhlebad und lächeln im nuschelnden Traum. Sie träumen vom Eichelfreßtrog der Welt, vom Wurzelwühlen nach Schweineobst, von den Dudelsackzitzen der Muttersau und dem Quieken und Schnüffeln der jasagenden Schweineweibchen zur Brunstzeit. Sie suhlen sich und schnauzen in der schweineliebenden Sonne; ihre Schwänze ringeln sich, sie rollen und seibern und schnarchen sich ein, in den tiefen behaglichen Schlaf nach dem Fraß. Und Esel auf der Eselweide nicken wie Engel ein.

MRS. PUGH

Leute mit Manieren,

ZWEITE STIMME

bleckt kalt Mrs. Pugh,

MRS. PUGH

nicken bei Tisch nicht ein.

ERSTE STIMME

Mr. Pugh windet sich unterwürfig wach. Er setzt ein süßliches Lächeln auf, traurig und grau unter seinem nikotineigelben, trübselig niederhangenden viktorianischen Walroßschnurrbart, den er lang und dick trägt, zur Erinnerung an den Giftmörder Dr. Crippen.

MRS. PUGH

Du sollst warten, bis du dich in deinen Stall zurückziehst,

ZWEITE STIMME

sagt Mrs. Pugh rasiermessersüß. Sein schmeichelndes, schmächtiges Viertellächeln friert ein. Schlau und schweigend schleicht er füchsisch in seinen Laboratoriumsbau, und dort, in einem Zischen und blausauren Kreis von Kesseln und Phiolen, randvoll von Pocken und Schwarzem Tod, kocht er ein Ragout aus tödlichem Nachtschatten, Nikotin, heißen Kröten, Zyankali und Fledermausspeichel für seine stichelnde Tropfsteinhexe von schürhakenbuckligem Bettdrachen und Nußknackerweib.

MR. PUGH

Bitte vielmals um Verzeihung, meine Liebe,

ZWEITE STIMME

flüstert er liebedienernd.

Erste Stimme

Kapitän Cat an seinem Fenster, das weit offen steht für die Sonne und die Segelschiffsee, die er vor langer Zeit befahren hat, als seine Augen blau und blank waren, schlummert und ist auf großer Fahrt. Schlingernd und mit Ringen in den Ohren, mit den Worten *Ich liebe dich, Rosie Probert!* auf seinen Bauch tätowiert, rauft er mit zerbrochenen Flaschen im Rauch und Babel der dunklen Hafenkneipen, treibt sich mit einer Herde von flotten und hühotten Kühen in jedem niedrigen, trächtigen Hafen umher, und spleißt und trinkt mit den Ertrunkenen, und salzt sich ein mit den Toten mit struppiger Brust. Und im Schlummer kommt ihm der Kummer, er weint und fährt.

Zweite Stimme

Eine Stimme vor allen steigt ihm aus dem Herzensgrund, wenn seine Traumeimer tiefer schöpfen. Die träge frühe Rosie mit dem flachsblonden Strohdach, die er mit Tom-Fred, dem Hilfsmaschinisten, und manchem anderen Seemann geteilt hat, spricht zu ihm deutlich und nah aus der Schlafkammer ihres Staubes. In diesem Golf und Hafen haben haufenweise Flotten geankert, sie kamen weither aus allen Reichen ins enge Himmelreich ihrer Nacht. Aber *sie* spricht jetzt nur zu *einem*, zum eingenickten Kapitän Cat. Denn Mrs. Probert ...

Rosie Probert

aus dem Entengäßchen, Jack. Mußt zweimal quaken, und nach Rosie fragen,

Zweite Stimme

... ist die einzige Liebe seines Seelebens, das sardinenvoll von Frauen war.

Rosie Probert *(sanft)*

Was für Seen hast du gesehn,
mein Tom Kater, Tom Cat,
in deinen Seefahrertagen
vor langer Zeit?
Was für Seetiere waren
im welligen Grün,
als du mein Käptn warst?

Kapitän Cat

Ich sag dir die Wahrheit.
Ich hab Seen gesehn,
die bellten wie Seehunde,
blau und grün,
Seen voll von Aalen,
Meermännern und Walen.

Rosie Probert

Was für Seen hast du befahren,
alter Walfänger, du
in deinen walfetten Jahren
zwischen Wales und Peru,
als du mein Maat warst?

Kapitän Cat

So wahr ich hier steh,
du, Tom Cats liebste Nutte,
du Landratte Rosie,
du Lose, du Gute,
meine leichteste Prise,

mein wahrer Schatz,
Seen, grün wie Bohnen,
Seen gischtweiß von Schwänen
im Mondlicht, wo die Seehunde wohnen!

ROSIE PROBERT

Welche Seen wiegten dich,
mein kleiner Schiffsjunge,
mein Lieblingsmann
voller Seelöwenhunger?
Mein gestiefelter Entrich,
mein Walfischfänger,
mein Süßer, mein Pappchen!
Mein Zuckerschnutseemann,
auf dem Bauch meinen Namen,
als du noch ein Boy warst? –
Lang, lang ist's her.

KAPITÄN CAT

Ich will dich nicht belügen,
ich sah nur *ein* Meer;
das *Immermehr*,
und *du* reitest die Wogen!
Leg dich nieder, laß mich landen,
laß mich scheitern in deinen Lenden.

ROSIE PROBERT

Klopf zweimal, Jack,
an die Tür von meinem Grab
und frag nach Rosie.

KAPITÄN CAT

Rosie Probert.

Rosie Probert

Denk an sie.
Sie vergißt.
Die Erde, die ihren Mund füllte,
entschwindet ihr.
Denk an mich.
Ich habe dich vergessen.
Ich gehe ins Dunkel des ewigen Dunkels.
Ich habe vergessen, daß ich jemals geboren bin.

Kind

Guck!

Erste Stimme

sagt ein kleines Mädchen zu ihrer Mutter, mit der sie am Fenster vom Schonerhaus vorüberkommt,

Kind

Kapitän Cat weint.

Erste Stimme

Kapitän Cat weint

Kapitän Cat

Komm zurück, komm zurück!

Erste Stimme

hinauf durch die stillen Stellen und durch das Echohallen in allen steilen Stollen der ewigen Nacht.

Kind

Er weint, daß es ihm über die ganze Nase rinnt,

Erste Stimme

sagt das Kind. Mutter und Kind gehen weiter die Straße hinab.

Kind

Er hat eine Nase wie Erdbeeren,

Erste Stimme

sagt das kleine Mädchen. Und dann vergißt auch sie ihn. Sie sieht in der stillen Mitte der blaubauschigen Bucht Boyo Nichtsnutz im Boot *Zanzibar* fischen.

Kind

Boyo Nichtsnutz hat mir gestern drei Pennies gegeben, aber ich wollte nicht,

Erste Stimme

sagt das Kind zur Mutter.

Zweite Stimme

Boyo fängt ein Fischbeinkorsett. Das ist alles, was er den ganzen Tag gefangen hat.

Boyo

Verflucht komischer Fisch!

Zweite Stimme

Mrs. Dai Brot Zwei zigeunert vor seinem langsamen geistigen Auge herauf; sie ist nur mit einem Armreifen bekleidet.

Boyo

Sie hat schon ihr Nachthemd an. *(flehentlich)* Wollen Sie nicht dieses schöne nasse Korsett haben, Mrs. Dai Brot Zwei?

Mrs. Dai Brot Zwei

Nein, ich will *nicht*!

Boyo

Oder einen Bissen von meinem kleinen Äpfelchen?

Zweite Stimme

bietet er ihr ohne Hoffnung an.

Erste Stimme

Aber sie schüttelt klappernd ihr Nachthemd aus Messing, und er verjagt sie aus seinem Sinn.

Und wie ihm das Verlangen in die Segel fährt und ihn zurücktreibt, verneigt sich mitten im blutdurchschossenen Bullauge seines Auges ein lächelndes Geishamädchen in einem Kimono aus Reispapier.

Boyo

Ich will der *gute* Boyo sein, aber es läßt mich ja niemand,

Erste Stimme

seufzt er, während sie sich höflich krümmt. Das Land verblaßt, die See entschwindet schweigend; durch die warme, weiße Wolke, in der er liegt, dringt seidige, klingelnde, aufreizende östliche Musik, und in einer einzigen japanischen Minute ist es um ihn geschehen.

Zweite Stimme

Der Nachmittag summt wie träge Bienen rund um die Blumen, die rund um Mae Rose Cottage blühen. Sie liegt halbschlafend im Feld, wo die Ziegen brummen und sachte die Sonne mit Hörnern stoßen, und sie bläst ihre Liebe auf eine Pusteblume.

Mae Rose Cottage *(träge)*

Er liebt mich,
er liebt mich nicht.
Er liebt mich,
er liebt mich nicht.
Er liebt mich! – der alte Schweinehund.

Zweite Stimme

Träge liegt sie allein in Wicken und Klee, siebzehn Jahre, und noch nie süß im Gras gewesen; ho, ho.

Erste Stimme

Ehrwürden Eli Jenkins, tintenbekleckst in seiner kühlen Vorderstube, auch genannt Gedichtzimmer, berichtet in seinem Lebenswerk einzig und allein die Wahrheit: Einwohnerzahl, wichtigste Industrien, Schiffahrt, Geschichte, Topographie, Flora und Fauna der Stadt, in der er dem Herrn dient; er schreibt die Chronik, das *Weiße Buch von Llareggub*. Bilder berühmter Barden und Prediger, von den schielenden Augen bis hinunter zu den Kniescheiben, ganz in Pelz und Wolle gehüllt, hängen über ihm an der Wand, schwer wie Schafe, neben zarten Damenaquarellen des blaßgrünen Milchwaldes, der darauf aussieht wie ein sterbender Salatkopf. Seine Mutter leidet in ihrem Korsett, an einen Palmentopf gelehnt, mit Eheringtaille und einer Büste wie ein mit schwarzem Tischtuch gedeckter Eßtisch.

Eli Jenkins

Oh, ihr Engel, seid vorsichtig dort mit euren Messern und Gabeln,

Erste Stimme

betet er. Soweit bekannt ist, besteht kein Bild seines Vaters Esau, der wegen seiner kleinen Schwäche des Predigerrockes entkleidet, eines Tages zur Erntezeit aus Versehen mit der Sense bis auf den Knochen entzweigeschnitten wurde, als er eben mit seiner kleinen Schwäche im Korn lag und mit ihr schlief.

Darauf verlor er allen Ehrgeiz und starb, als Einbeiniger.

ELI JENKINS

Armer Papa,

ZWEITE STIMME

trauert Ehrwürden Eli Jenkins

ELI JENKINS

so am Trinken und an der Landwirtschaft zu sterben!

ZWEITE STIMME

Farmer Watkins auf der Salzseefarm haßt sein Vieh auf dem Hügel, das er jetzt mit Hott und Hüh den Hügel hinuntertreibt zum Melken.

UTAH WATKINS *(wütend)*

Verdammt sollt ihr sein, ihr verdammtes Milchzeug!

ZWEITE STIMME

Eine Kuh küßt ihn.

UTAH WATKINS

Beiß sie tot!

ZWEITE STIMME

brüllt er seinem alten tauben Hund zu, der lächelt und ihm die Hände leckt.

UTAH WATKINS

Spieß ihn auf! Setz dich auf ihn, Daisy!

ZWEITE STIMME

fährt er die Kuh an, die ihn mit ihrer Zunge aufgerauht hat, und sie muht zarte Worte, während er tobend unter seinen sommeratmenden Sklaven umherrast, die sachte der Farm zuschreiten. Das nahe Ende des Frühlingstages spiegelt sich schon in den tiefen Teichen ihrer großen Augen. Bessie Großkopf grüßt die Kühe mit den Namen, die sie ihnen gegeben hat, als sie noch Jungfrauen waren:

BESSIE GROSSKOPF

Peg, Meg, Butterblume, Moll,
Fan vom Schloß,
Theodosia und Daisy.

ZWEITE STIMME

Sie neigen die Köpfe.

ERSTE STIMME

Schlage Bessie Großkopf im *Weißen Buch von Llareggub* nach, und du wirst die wenigen dürftigen Lappen und den einen armen glitzernden Faden ihrer Geschichte dort in den Blättern dieses Buches mit so viel Liebe und Sorgfalt aufbewahrt finden, wie die Haarlocke einer ersten verlorenen Liebe. Empfangen im Milchwald, geboren in einer Scheune, in Papier gehüllt, auf eine Schwelle gelegt. Mit großem Kopf und tiefer rauher Stimme wuchs sie in der Finsternis auf, bis der längstverstorbene Gomer Owen sie eines Tages küßte, als sie nicht schaute, weil er mit anderen Burschen gewettet hatte. Und nun steht sie im Licht und wird arbeiten, singen und melken, die lieben Namen der Kühe nennen und schlafen, bis die Nacht ihr die Seele aussaugt und in den Himmel speit. Im lebenslänglichen Licht ihrer Liebe melkt Bessie gottergeben die einfältigen teichäugigen Kühe, während die Dämmerung langsam niederrieselt auf Kuhstall, Meer und Stadt. Utah Watkins flucht sich auf einem Karrengaul laut durch die ganze Farm.

(Karrengaul trabt in langsamem Tempo)

UTAH WATKINS

Galoppier! du verdammter elender Krüppel!

ERSTE STIMME

Und das große Pferd wiehert leise, als ob er ihm ein Stück Zucker gegeben hätte.

Nun dämmert die Stadt. Jeder Pflasterstein, jeder Esel, jede Gänse- und Gänseblümchengasse ist ein Torweg der Dämmerung. Und das Abendgrau und der feierliche Staub und erste dunkelnde Schnee der Nacht und der Schlaf der Vögel wehen tief durch die lebende Dämmerung dieser Ortschaft der Liebe. Llareggub ist die Hauptstadt der Dämmerung.

Mrs. Ogmore-Pritchard verrammelt beim ersten Niederrieseln des Dämmerns alle Türen ihres Hauses Seeblick, zieht die keimfreien Vorhänge vor, setzt sich steif wie ein trockener Traum auf einen gesundheitsfördernden Stuhl mit hoher Lehne und stellt sich energisch darauf ein, kühl und schnell einzuschlafen. Und auf einmal, zweimal kommen Mr. Ogmore und Mr. Pritchard, die den ganzen toten Tag lang nach Geisterart im Holzverschlag geflüstert und gespukt und die lieblose Vernichtung ihrer peinlichen, reinlichen Witwe geplant haben. Nun kehren sie widerwillig und seufzend zurück in ihr reinliches Haus.

MR. PRITCHARD

Nach Ihnen, Mr. Ogmore!

MR. OGMORE

Nach Ihnen, Mr. Pritchard!

Mr. Pritchard

Nein, nein, Mr. Ogmore, Sie haben sie doch als erster zu Ihrer Witwe gemacht!

Erste Stimme

Und sie sickern unter Tränen hinein durchs Schlüsselloch, wo einst ihre Augen waren.

Mrs. Ogmore-Pritchard

Gatten!

Erste Stimme

sagt sie im Schlaf. In ihrer Stimme liegt saure Liebe für einen der beiden schlotternden Schatten. Mr. Ogmore hofft, daß nicht er gemeint ist. Mr. Pritchard hofft das gleiche.

Mrs. Ogmore-Pritchard

Ich liebe euch beide.

Mr. Ogmore *(erschrocken)*

Oh, Mrs. Ogmore!

Mr. Pritchard *(entsetzt)*

Oh, Mrs. Pritchard!

Mrs. Ogmore-Pritchard

Bald wird es Zeit sein, daß ihr zu Bett geht. Zählt eure Aufgaben auf, der Reihe nach.

Mr. Ogmore und Mr. Pritchard

Wir müssen unsere Pyjamas aus dem Schubfach nehmen, auf dem steht Pyjamas, und müssen sie anziehen.

Mrs. Ogmore-Pritchard *(kalt)*

Und dann müßt ihr sie wieder ausziehen.

Zweite Stimme

Unten in der dämmernden Stadt liegt Mae Rose

Cottage immer noch im Kleefeld, hört zu, wie die Ziegen kauen und malt sich mit Lippenstift Kreise auf ihre Brüste.

MAE ROSE COTTAGE

Ich bin leichtfertig! Ich bin ein schlechtes Ding. Gott wird mich mit einem Blitz erschlagen. Ich bin siebzehn, ich komme in die Hölle,

ZWEITE STIMME

erzählt sie den Ziegen.

MAE ROSE COTTAGE

Wartet nur, ich werde sündigen, bis ich in Stücke zerspringe!

ZWEITE STIMME

Sie liegt im Klee, ganz tief, und wartet auf das Schlimmste. Die Ziegen käuen und meckern.

ERSTE STIMME

Und in der Tür von Bethesdahaus rezitiert Ehrwürden Eli Jenkins dem Llareggub-Berg sein Abendgedicht.

ELI JENKINS

Wenn ich erwache an jedem Tage,
lieber Gott, ein kleines Gebet ich sage,
daß vor Deinem Auge Gnade erwerben
alle armen Geschöpfe, die da leben und sterben.

Und an jedem Abend, wenn die Sonne geht,
mein Gebet für die Stadt Deinen Segen erfleht.
Denn ob wir die Nacht überleben, fürwahr,
das hängt gewiß nur an einem Haar.

Unsre Stadt, die hier unterm Milchwald ruht,
die ist nicht ganz schlecht, und auch nicht ganz gut.
Und Du, o Herr, ich weiß, bist der erste,
der es leicht für uns macht, und nicht prüft uns aufs schwerste.

Oh, laß uns den morgenden Tag noch sehen,
ich bitte Dich, laß uns die Nacht überstehen,
und wir neigen uns vor Deiner Sonne Pracht
und sagen Lebwohl, aber nur für heut nacht!

ERSTE STIMME

Jack Black, der Schuster, bereitet sich abermals darauf vor, im Walde seinem Satan zu begegnen. Er schärft seine Nachtzähne, schließt seine Augen, steigt in seine frommen Hosen, deren Schlitz mit Schustergarn fest vernäht ist, und stapft hinaus, mit Fackel und Bibel bewehrt, grimmig und freudig in die Dunkelheit, die schon zu sündigen begonnen hat.

JACK BLACK

Auf nach Gomorrah!

ZWEITE STIMME

Und Lily Smalls macht sich mit Boyo Nichtsnutz im Waschhaus nichtsnutz.

ERSTE STIMME

Und Cherry Owen, der jeden Wochentag den ganzen Tag lang nüchtern wie der Sonntag ist, geht lustig wie der Samstag ins Wirtshaus, um sich zu betrinken wie ein Loch, denn das tut er jeden Abend.

CHERRY OWEN

Ich sag immer, sie hat zwei Männer,

Erste Stimme

sagt Cherry Owen,

Cherry Owen

einen Betrunkenen und einen Nüchternen.

Erste Stimme

Und Mrs. Cherry sagt einfach

Mrs. Cherry Owen

Und bin ich nicht eine glückliche Frau?! Denn ich hab sie alle beide lieb!

Sindbad

N'Abend, Cherry!

Cherry Owen

N'Abend, Sindbad!

Sindbad

Was soll's denn sein?

Cherry Owen

Mehr als gut für mich ist!

Sindbad

Die Seefahrerschenke ist immer offen.

Erste Stimme

Sindbad leidet still vor sich hin und sagt mit gebrochenem Herzen

Sindbad

O Gossamer, warum ist nicht auch dein *Herz* offen?!

Erste Stimme

Nun ist die Dämmerung ertrunken, für immer vorüber bis morgen. Mit einem Male ist es Nacht. Die finstere Stadt ist ein Hügel von Fenstern, und von den wundgeschlagenen Wellen herauf rufen die Lichter der Lampen in den Fenstern den Tag zurück und die Toten, die hinausgefahren sind auf die See. Und überall in der rufenden Nacht werden Kinder und alte Männer ins Bett gelockt und schlafen gelegt.

ERSTE FRAUENSTIMME

Schlaf schön, Baby, der Sandmann, der kommt!

ZWEITE FRAUENSTIMME

Schlaf schön, Großvater, oben im Baum,
wenn der Wind weht, bläst er Federn und Flaum,
wenn der Ast bricht, macht die Wiege Bumms,
Großpapa mit dem Schnurrbart macht einen Plumps!

ERSTE STIMME

Oder die alten starräugigen Männer werden von ihren Töchtern zugedeckt wie Papageien und bleiben in ihrer kleinen Finsternis in den hellen springlebendigen jungen Küchenecken die ganze Nacht lang wach, mit glasigen Augen, damit der Tod sie nicht im Schlaf überrascht.

ZWEITE STIMME

Unverheiratete Mädchen allein in ihren heimlichen Brautkammern denken an Puder und Locken für den lockenden Tanz der Welt.

(Leise Harmonikamusik)

Sie ziehen vor ihren Spiegeln hochnasige Gesichter oder machen Komm-nur-her-Augen für die jungen Männer draußen auf der Straße an den laternenbeschienenen Stehecken, an denen sie lehnen und im plötzlichen Wind warten, um dann durch die Zähne zu pfeifen.

(Harmonika klingt auf und verklingt fast völlig)

Erste Stimme

Die Trinker in der Seefahrerschenke trinken auf den Mißerfolg des Tanzes.

Erster Trinker

Nieder mit dem Walzertanzen und Hüpfen!

Cherry Owen

Tanzen geht gegen die Natur,

Erste Stimme

sagt im Brustton der Überzeugung Cherry Owen, der eben siebzehn Glas schales warmes dünnes walisisches bitteres Bier hinuntergegossen hat.

Zweite Stimme

Eines Farmers Laterne glitzert als ferner Funke am Hang, hoch am Llareggub-Berg.

Erste Stimme

Der Llareggub-Berg, schreibt Ehrwürden Eli Jenkins in seinem Gedichtzimmer,

Eli Jenkins

Der Llareggub-Berg, jener mystische Tumulus, das Mahnmal von Völkern, die in der Gegend von Llareggub gewohnt haben, noch ehe die Kelten das Land des Sommers verließen; der Berg, auf dem die alten Hexenmeister sich aus Blumen eine Frau machten ...

(Harmonikamusik hört auf)

Zweite Stimme

Mr. Waldo in seinem Winkel in der Seefahrerschenke singt:

Mr. Waldo

Als Junge, da wohnt' ich in Pembroke am Turm,

da hatt' ich ein schwarzes Fell,
da hatt' ich sechs Pennies Wochenlohn
als des Schornsteinfegers Gesell.
Sechs kalte Pennies, die gab er mir,
und sonst keinen Bissen zu essen.
Und ich lebte von nichts als von Rübenschnaps,
und dazu kaut' ich Brunnenkressen.
Da braucht' ich kein Messer und Gabel nicht,
und keine Serviette fürs Kinn,
denn mein Mahl war ja nur ein Glas Rübenschnaps
und Kresse mit gar nichts drin.
Hat man je gehört, daß ein Junge, der wächst,
kein besseres Essen kennt,
nur Grünzeug ganz ohne Knochen und Fleisch,
und Schnaps, der brennt, daß man flennt?
»Feg, Schornsteinfeger, feg!«
So weint' ich zu Pembroke, der Stadt,
barfuß im Schnee, bis 'ne junge Frau
sich meiner erbarmet hat.
»Armer kleiner Schornsteinfeger, du,
du bist schwarz wie's Pik-As« sie sprach,
»seit mein Mann von mir fort ist,
sieht keiner meinen Schornstein nach.
Komm und feg meinen Schornstein!
Komm und feg meinen Schornstein!«
so seufzte sie und ward rot.
»Komm und feg meinen Schornstein!
Komm und feg meinen Schornstein!
Dein Besen, der tut mir not!«

Erste Stimme
Der blinde Kapitän Cat klettert in seine Koje. Wie ein Kater sieht er nur im Dunkeln. Durch die großen Fahrten seiner Tränen hindurch segelt er hin, seine Toten zu sehen.

Kapitän Cat
Williams, der Tänzer!

Erster Ertrunkener
tanzt immer noch.

Kapitän Cat
Jonah Jarvis!

Dritter Ertrunkener
Immer noch.

Erste Stimme
Wuschelkopf Bevans Schädel.

Rosie Probert
Rosie, mit Gott. Sie hat das Sterben vergessen.

Erste Stimme
Die Toten kommen heraus in ihren besten Sonntagskleidern.

Zweite Stimme
Horch, wie die Nacht anbricht.

Erste Stimme
Orgel-Morgan, der Organist, geht ins Bethaus, Orgel spielen. Er spielt allein in der Nacht, für alle, die hören wollen: die Liebenden und die Trunkenbolde, die stillen Toten, die Vagabunden und die Schafe. Er sieht Bach auf einem Grabstein liegen.

Orgel-Morgan
Johann Sebastian!

CHERRY OWEN *(bezecht)*

Wer?

ORGEL-MORGAN

Johann Sebastian, hinreißender Bach! Ach, Bach, Bach!

CHERRY OWEN

Äh, geh zum Teufel!

ERSTE STIMME

sagt Cherry Owen, der sich auf dem Heimweg auf einem Grabstein ausgeruht hat.

Mr. Mog Edwards und Miß Myfanwy Price, glücklich voneinander getrennt, am Bergende und am See-Ende der Stadt, schreiben sich ihre allnächtlichen Briefe voll Liebe und Verlangen. Im warmen *Weißen Buch von Llareggub* wirst du die kleinen Landkarten ihrer Inseln der Seligkeit finden.

MYFANWY PRICE

Oh, du mein Mog, ich bin dein auf immerdar!

ERSTE STIMME

Und sie sieht sich zufrieden in ihrem eigenen, netten, nie langweiligen Zimmer um, das Mr. Mog Edwards niemals betreten wird.

MOG EDWARDS

Komm in meine Arme, Myfanwy!

ERSTE STIMME

Und er drückt sein eigenes schönes Geld an sein eigenes Herz.

Und Mr. Waldo hält trunken im nächtigen Wald seine süße Polly Garter an sich gedrückt, unter den Augen und rasselnden Zungen der Nachbarn und

der Vögel, und er macht sich nichts daraus. Er schmatzt mit lebendig roten Lippen.
Aber nicht *sein* Name ist es, den Polly Garter flüstert, nun, da sie unter der Eiche liegt und seine Liebe erwidert. Sechs Fuß tief singt ein Name in der kalten Erde.

POLLY GARTER

Doch ich denk immerzu, wenn die Liebe in uns loht,
an den kleinen Willi Winzig, der ist tot, tot, tot

ERSTE STIMME

Die dünne Nacht wird dunkler. Eine Brise vom gekräuselten Wasser her seufzt durch die Gassen dicht unter dem milchwachen Wald. Dem Wald, in dem jede Baumwurzel ein gespaltener Huf ist im schwarzen lauernden Auge der Jäger der Liebenden. Das ist der Wald, der ein von Gott erbauter Garten ist für Mary Ann Seefahrer, die weiß, daß der Himmel auf Erden ist, und das auserwählte Volk seines liebenden Feuers im Llareggubland; der Wald, für die Farmknechte am Kirmesabend das wollüstige unbedachte Bethaus voller Brautbetten, und für Ehrwürden Eli Jenkins eine grünbelaubte Predigt von der Unschuld des Menschengeschlechtes – der plötzlich vom Wind gerüttelte Wald erwacht zum zweiten dunklen Male an diesem einen Frühlingstag.

ENDE

Lebensdaten und Werke

1914 Dylan Marlais Thomas wird am 27. Oktober als Sohn eines Gymnasiallehrers in Swansea (Glamorganshire, Südwales) geboren.

1925–31 Besuch des Gymnasiums in Swansea. Er wird Mitarbeiter und später Redakteur an der Schülerzeitung.

1931 Korrektor und Zeitungsreporter. Er spielt in verschiedenen kleinen Theatergruppen.

1933 Erste Veröffentlichungen. Preis der Zeitschrift »The Sunday Referee«.

1934 Er zieht nach London. Veröffentlichungen in mehreren Zeitschriften. Sein erster Gedichtband *18 Poems* erscheint.

1936 *Twenty-five Poems*, sein zweiter Gedichtband. Unter den Rezensenten Edith Sitwell.

1937 Heirat mit Caitlin Macnamara. Aufenthalt in Cornwall, London, Hampshire und Wales.

1939 Zwei Bände mit Erzählungen und Gedichten erscheinen: *The Map of Love* in London, *The World I Breathe* in New York.
Dylan Thomas verweigert den Kriegsdienst.

1940 Veröffentlichung von *Portrait of the Artist as a Young Dog*. Sprecher und Autor bei der BBC; Mitarbeit an Drehbüchern für Kultur- und Dokumentarfilme im Auftrag des britischen Informationsministeriums.

1946 Sein Gedichtband *Deaths and Entrances* erscheint

(dt. *Tode und Tore*, zweisprachig, übersetzt von Reinhard Paul Becker, Heidelberg, F. H. Kerle Verlag 1952).

1949 Im März nimmt Dylan Thomas am kommunistischen Schriftstellerkongreß in Prag teil.
Er lebt mit seiner Familie in Laugharne (Südwales).

1950 Erste Vortragsreise in Amerika.

1951 Reise nach Persien, um im Auftrag der Anglo-Iranian-Oil-Company einen Dokumentarfilm zu drehen.

1952 Zweite Vortragsreise in Amerika.
Die Gedichte *In Country Sleep* und *Collected Poems* erscheinen. Reinhard Paul Becker veröffentlicht die erste deutsche Übersetzung *Fern Hill* und den Aufsatz »Dylan Thomas und der literarische New Look« in: Konturen, Blätter für junge Dichtung und Kunst, hrsg. von Hans Bender, Aschau/Chiemgau, Januar 1952. Im Herbst folgt das Gedichtbuch *Tode und Tore*.

1953 Veröffentlichung des Drehbuchs *The Doctor and the Devils* (dt. *Der Doktor und die Teufel*, Nachdichtung von Erich Fried, S. Fischer Verlag, Frankfurt 1959).
Dritte Amerikareise (21. April – 28. Mai). Urlesung *Under Milk Wood* am 3. Mai.
Vorschlag Igor Strawinskys, ein Opernlibretto für ihn zu schreiben.
Vierte Amerikareise (19. Oktober). Lesung der erweiterten Fassung von *Under Milk Wood*.
Dylan Thomas stirbt am 9. November im St. Vinzenz-Hospital in New York. Er wird in Laugharne (Südwales) begraben.

1954 *Quite Early One Morning*, Autobiographisches, Radio-Essays (dt. *Am frühen Morgen*, übertragen von

Erich Fried, Heidelberg, Drei Brücken Verlag 1957).
Under Milk Wood, Erstsendung von BBC London am 25. Januar.
Englische Originalausgabe *Under Milk Wood* im Verlag J. M. Dent & Sons Ltd., London.
Unter dem Milchwald, Nachdichtung von Erich Fried, deutsche Erstsendung im NWDR Hamburg am 20. September.
Deutsche Buchausgabe *Unter dem Milchwald* im Drei Brücken Verlag, Heidelberg.

1955 erscheinen: *Adventures in the Skin Trade and Other Stories*, hrsg. von D. Jones und *A Prospect of the Sea* (dt. *Ein Blick aufs Meer*, Geschichten und Prosagedichte, übertragen von Erich Fried und Enzio von Cramon, Heidelberg, Drei Brücken Verlag 1961).

Nachwort

1945 bekam Dylan Thomas von der BBC London den Auftrag, ein Hörspiel zu schreiben. Er war schon berühmt durch seine Gedichte und Prosastücke. Berühmt auch durch den Mut, seine Individualität zu beweisen. Er war gefeiert und angegriffen worden. Edith Sitwell hatte über die *18 Poems* geschrieben: »Bei diesem jungen Mann, so sagte ich zu mir, deutet alles darauf hin, daß er ein großer Dichter wird ...« Auch er selber glaubte daran.

Damals lebte er mit seiner Frau Caitlin und drei Kindern in der walisischen Stadt New Quay. In einer Holzhütte arbeitete er am liebsten, »wie ein bösartiger Biber in einem Papageienhaus«. Sein »Poem in October« (das zweite mit dem gleichen Titel) hat den Ort und die Stimmung jener Zeit festgehalten:

Es war mein dreißigstes Jahr gen Himmel
Das wachte auf als ich hörte vom Hafen und Nachbarwald
Und vom muschelgeteichten und reiher-
Gepriesterten Strand
Des Morgens Locken
Mit Gebeten des Wassers und Rufen der Seemöwe und der Krähe
Und dem Pochen von Segelbooten an die netze-verfitzte Wand
Daß ich gehe
Ohne zu stocken
Durch die noch schlafende Stadt hinaus ins Land.

(Übersetzung: Erich Fried)

Seit 1937 schon hatte er für den Funk geschrieben und für den Funk gesprochen; nicht nur eigene Sendungen, sondern auch die Rollen klassischer und moderner Stücke. Titelrollen, Charakterrollen, komische und wilde Rollen, in denen er seinen walisischen Tonfall einsetzen konnte. Er hatte Essays und Reportagen geschrieben; literarische Hörfolgen über Themen, die man von ihm gewünscht hatte. »Ein Redakteur hat mich in einem Augenblick übergroßen Vertrauens aufgefordert, über dieses Thema zu sprechen«, beginnt ironisch die Auskunft »Wie man Dichter wird«. Die autobiographischen Hörfolgen waren ihm immer am besten geglückt. *Memories of Christmas (Erinnerung an Weihnachten)*, *Return Journey (Rückreise)* und *A Visit to America* zählt man heute zu seinen Werken, und jene Hörfolge, die in New Quay entstanden war: *Quite Early One Morning (Am frühen Morgen)*. Sie war zudem die »Urfassung« des Stückes, mit dem er den Auftrag der BBC erfüllen wollte. Aber erst neun Jahre später, nach seinem Tod, konnte sie *Under Milk Wood (Unter dem Milchwald)* zum ersten Mal senden.

Die Stadt seines Hörspiels, Llareggub, enthielt frühere Städte, in denen er gelebt hatte. Auch seine Geburtsstadt Swansea, die »häßliche«, die »wunderschöne« Stadt, die »Seestadt«, »die sich an einer langen, herrlichen geschwungenen Küste ausbreitet, wo Schulschwänzer und Strandläufer und alte Männer nach Strandgut suchten, umhertrödelten, wateten und den Schiffen nachsahen, wie sie hafenwärts zogen oder fortdampften ins Abenteuer nach Indien, ins Wunder und nach China – in Länder, die nach Apfelsinen dufteten und widerhallten von Löwengebrüll.«

In Laugharne hatte er die glücklichste und fruchtbarste Zeit verbracht, in einem »häßlichen, möblierten Fischerhaus«, in der Gosport Street, und danach in einem alleinstehenden alten Haus »Sea View«. In Donegall, an der irischen Westküste, hatte er mit einem Freund den Bergwänden entgegengebrüllt: »Wir sind die Toten!«

In New Quay ging er als ganz bewußter Beobachter umher: »wie ein Fremder, der aus dem Meer gestiegen ist und mit jedem Schritt Holz und Wellenschlag und Dunkelheit abschüttelt, oder wie ein neugieriger Schatten, der entschlossen ist, sich nichts entgehen zu lassen, nicht das erste Beben in der Kehle des morgenkrähenden Hahnes, und auch nicht das erste schwirrende Anstoßen der festgesetzten Zeit im Bauch der Weckeruhr auf der mit Familienandenken bedeckten Kommode unterhalb des gestickten Bibeltextes und der echt handgemalten Wasserfarbenbilder von Portcawl oder Trinidad.« Der Erzähler in *Am frühen Morgen* war Dylan Thomas selber. Erst gegen Schluß ließ er sieben andere Stimmen sprechen: die Lady May Hughes, den Captain Winzig-Evans, die Madame Clara Tawe Jenkins, den Pfarrer Thomas Evans, die Dienstmagd Ogmore-Pritchard, den Lehrer Griffith und das Mädchen Phoebe. In vier gereimten Gedichtzeilen stellen sie sich vor. In der Fassung *Unter dem Milchwald* sind es fast 70 Rollen oder Stimmen, und zur Charakterisierung läßt sich »episch« und »lyrisch« nicht mehr so einfach voneinander abheben. Die Konzeption für den Funk blieb jedoch immer erkennbar.

Das bewies auch die Umsetzung der Werke, die Dylan Thomas geschätzt und als Anregung genommen hatte. *Our Town (Unsere kleine Stadt)* von Thornton Wilder, die *Spoon River Anthology (Die Toten von Spoon River)* von Edgar Lee Masters, *Ulysses* von James Joyce. In allen diesen Werken waren gleichsam Röntgenbilder von Städten gegeben worden. Lebende und Tote waren aufgetreten, und auch die wechselnden Kabinen waren schon vorgegeben und die Einleitung in Tagesläufe. Dylan Thomas hat diese Einflüsse nicht verdeckt. Er übernahm sogar Assoziationen,

Metaphern, Wörter. Er unterschied sich doch wiederum von diesen Werken, weil er vor allem ein Lyriker war.
Er hat, mitten in den dreißiger Jahren, wie ein Rimbaud gewirkt; das heißt, wie ein ganz Neuer, wie ein Betrunkener, und wie einer, der eine andere Sprache schrieb als die zeitgenössischen Lyriker neben ihm. Einer, aus dem die Worte sprudelten, manchmal – so erschien es den anderen – ohne Sinn und Verstand, eine neue Aussage vortragend, deren Offenheit schockierte. »Meine Metapher ist der Mensch«, hat er bekannt. Dabei dachte er zunächst an sich, dann an alle anderen, denen er begegnet war. Menschen im Widerstreit zwischen Wirklichkeit und Traum. Menschen, verwurzelt mit der Erde und mit dem Milieu, dem sie entstammten. Er wollte sie »enthüllen«, »noch mehr an verborgenen Ursachen ans Tageslicht heben, als Freud es vermocht hat«.
Llareggub nannte er die Stadt seines Spiels. Ihr Friedhof hat den Namen Bethesda. Einem Haus gab er den Namen seines Wohnhauses in Laugharne: »Haus Seeblick«. Eine »heruntergekommene Stadt«, mit Kopfsteinpflasterstraßen, mit einer Kirche, einem Rathaus, einem Schulhaus, einem Wohlfahrtshaus und allen anderen Häusern, in denen die Einwohner leben. Gleichsam aufgeklappte Häuser sind es, in denen die Gegenstände hängen, liegen, stehen, und immer wieder werden sie aufgezählt: »vorbei am Vorhang vor dem Blumentopf mit Farnen, an Wandspruch und Nippsachen, Harmonium und heiligem Anrichtetisch, handgemalten Aquarellen, Porzellanhund und blechrosiger Teebüchse.«
Die gesamte Einwohnerschaft hat aufzutreten: Bauern, Fischer, Händler, Rentner, Handwerker, Lehrer, Briefträger, Pfarrer, Polizist, Milchmann, Totengräber, Organist, »die schwimmfüßigen Muschelweiber und reinlichen Hausfrauen«. Auch die Tiere gehören zum Inventar und die Boote im Fischereihafen mit ihren poetischen Namen.

Die Gestalten treten hervor, indem sie sprechen; indem sie sich also »enthüllen«. Was die kommentierende Stimme einleitet, wird jedesmal verstärkt durch das Selbstbekenntnis, im Monolog oder Dialog. Bekenntnisse, ehrlicher, als sie im Beichtstuhl durchs Gitter gesagt werden. Aber die Gespräche treffen nie zusammen, auch wenn die Sprecher als Paare auftreten. Es sind Traum- oder Wunschbegegnungen, oder lediglich Geschwätz, Abbild der Konvention zwischen den Menschen. Sonderlinge sind sie alle, und immer wieder werden sie mit Tieren verglichen. Die Mädchen »quieken«, die Schwestern »kreischen wie Krähen«, und die Brüder sind »Rabenbrüder«. »Eigentlich gibt's hier im Ort ganz eklige Leute, wenn man sich's so überlegt«, klagt die Vierte Frau.

Ein Lebensreigen zieht vorüber. Ein »Sommernachtstraum«, mehr Komödie als Tragödie. Die Personen haben zwar Namen, wie sie in walisischen Städten vorkommen, doch alle Personen haben auch die Züge von Theaterfiguren, ernsten und grotesken, realen und märchenhaften. Die einen werden kräftiger charakterisiert als die anderen; aber alle, selbst die Kinder, die sich im Milchwald zum ersten Mal küssen, sind erfüllt vom gleichen Liebesverlangen, das sich nicht stillen läßt.

Ein Frühlingstag begrenzt das Spiel. In einer mondlosen Nacht beginnt es. Stunden, in denen auch die Toten sprechen, die Ertrunkenen. Aber schon bald melden sich die Liebenden und die Einsamen in ihren Betten. Die Erste Stimme kündet den Morgen an: »Nun erhellt sich dieses Himmelreich über unserem grünen Hügel zu einem Frühlingsmorgen, durchschmettert von Lerchen, durchkräht und von Glocken durchläutet.« Ein langer, unruhiger Morgen, dem ein viel zu kurzer Mittag folgt, über den die Sonne nieder »summt«. Die Dämmerung leitet zum Abend über.

»Mit einem Mal ist Nacht. Die finstere Stadt ist ein Hügel

von Lichtern, und von den windgeschlagenen Wellen herauf rufen die Lichter der Lampen in den Fenstern den Tag zurück und die Toten, die hinausgefahren sind auf die See.« Es war nur ein Tag von vielen, dem andere vorausgegangen sind und andere folgen werden. »Die Zeit vergeht. Horch die Zeit vergeht«, hatte die Erste Stimme schon zu Anfang gemahnt.

Die erste Fassung *Unter dem Milchwald, Ein Spiel für Stimmen* hat Dylan Thomas fertiggestellt, um sie mitzunehmen auf seine dritte Amerikareise im Jahre 1953. Die Fassung *Am frühen Morgen* hatte er in den Jahren dazwischen mehrere Male umgearbeitet beziehungsweise erweitert; und einmal hatte er die Absicht, daraus ein Bühnenstück zu machen. Er kehrte jedoch zur Funkfassung zurück, und in New York, im Poetry Center, kam es am 14. Mai zur Uraufführung, richtiger zur Urlesung. Er selber trug die Erste Stimme und den Part des Reverend Eli Jenkins vor. Die Wirkung war groß. Igor Strawinsky hörte davon und wollte Dylan Thomas zum Librettisten einer Oper bestellen.

Nach England zurückgekehrt, arbeitete Dylan Thomas nochmals an seinem Manuskript *Unter dem Milchwald.* Diesmal dachte er an die Buchveröffentlichung und an den Auftrag der BBC. Nochmals kam es in New York zu Lesungen im Vortragssaal. Nach der vierten Lesung mußte er seinen Part abgeben. Am 9. November ist er im St. Vinzenz-Hospital gestorben.

Zwei Monate später, am 25. Januar 1954, sendete die BBC das Hörspiel, das sie in Auftrag gegeben hatte. Am 20. September 1954 realisierte es Heinz Schwitzke in seinem Hörspielstudio des Nordwestdeutschen Rundfunks. Erich Fried, der Übersetzer, wurde sein erster Kommentator. Sowohl er als auch der Dramaturg haben sich kritisch zu den Hörspiel-Eigenschaften geäußert. (Heinz Schwitzke: *Das Hörspiel.*

Dramaturgie und Geschichte, Köln-Berlin, 1963). Schwitzke schreibt, die »Milchwald«-Sendung habe bei der Mehrzahl der Hörer Ratlosigkeit ausgelöst, die Liebhaber der »kleinbürgerlich-wunderlichen Welt des Milchwald« jedoch zu Stürmen der Begeisterung hingerissen. Englische Kritiker hatten sich damals über die Obszönitäten entsetzt – aber auch ihre Einwände sind vergessen. Im gleichen Jahr der englischen und der deutschen Erstsendung wurde *Unter dem Milchwald* mit dem Prix Italia ausgezeichnet. Das Schillertheater in Berlin hat es am 22. Oktober 1956 auf der Bühne, damit also auch seine theatralische Wirksamkeit erprobt. Der Eindruck war stark, aber das Stück hat sich dennoch nicht ins Repertoire aufnehmen lassen. Dagegen hat sich *Unter dem Milchwald* als Hörwerk in vielen Sendungen immer wieder behauptet.

Die Einwände gegen die nicht-erfüllte Gattung »Hörspiel« zählen heute weniger als damals. Wir bewerten *Unter dem Milchwald*, trotz seiner heterogenen Eigenschaften, als ein Sprachspiel, das bahnbrechend gewirkt und das die Intentionen und Originalität seines Autors weit über den vorgegebenen Auftrag gehoben haben. Wir erleben diese walisische Stadt Llareggub, ihre Einwohner und ihre Selbstbekenntnisse als ein poetisches Werk, dessen Beschwörung und Provokation sich bei jeder Begegnung wiederholen.

Hans Bender

Fremdsprachentexte

IN RECLAMS UNIVERSAL-BIBLIOTHEK

Englische Prosa und Gedichte

James M. Barrie: Peter Pan. 219 S. UB 9294

Anthony Burgess: A Clockwork Orange. 261 S. UB 9281

Lewis Carroll: Alice's Adventures in Wonderland. Ill. 165 S. UB 9160

Gilbert Keith Chesterton: Two Father Brown Stories. 80 S. UB 9223

Joseph Conrad: Heart of Darkness. 189 S. UB 9161

Contemporary Australian Short Stories (White, Carey, Bail, Zwicky, Malouf, Weller, Moorhouse, Garner). 165 S. UB 9295

Contemporary Irish Short Stories (Friel, Kelly, McGahern, Montague, Mac Mathúna, Daly, Healy, Devlin). 184 S. UB 9250

Roald Dahl: Three Tales of the Unexpected. 96 S. UB 9215

Charles Dickens: A Christmas Carol. 155 S. UB 9150

Arthur Conan Doyle: The Speckled Band. Four Sherlock Holmes Stories. 184 S. UB 9003

Daphne Du Maurier: The Birds. 76 S. UB 9287

English Aphorisms. 148 S. UB 9296

English Expressions. 147 S. UB 9288

English Love Poems. 80 S. UB 9283

English Poems of the Twentieth Century. 96 S. UB 9234

English Proverbs. 151 S. UB 9235

Ian Fleming: Risico. 88 S. UB 9207

Nadine Gordimer: Town and Country Lovers. Three Stories. 96 S. UB 9237

Graham Greene: The Third Man. 173 S. UB 9180

Horror Stories of the Twentieth Century (Blackwood, Spark, Langley, Highsmith, King). 151 S. UB 9255

Aldous Huxley: Brave New World. 323 S. UB 9284

Jerome K. Jerome: Three Men in a Boat. 295 S. UB 9256

James Joyce: Dubliners. A Selection. 104 S. UB 9181 – Penelope. The Last Chapter of »Ulysses«. 191 S. UB 9243

Rudyard Kipling: The Jungle Book. 219 S. UB 9244

D. H. Lawrence: The Fox. 135 S. UB 9209

Doris Lessing: Three African Stories. 77 S. UB 9245 – To Room Nineteen. 72 S. UB 9151

London Poems. 96 S. UB 9229

Katherine Mansfield: The Garden-Party. Five Short Stories. 85 S. UB 9152

W. Somerset Maugham: The Letter. 75 S. UB 9183

A. A. Milne: Winnie-the-Pooh. Ill. 180 S. UB 9231

Modern English Short Stories I: From Hardy to Maugham. 189 S. UB 9184

Modern English Short Stories II: From Coppard to Greene. 184 S. UB 9165

Modern English Short Stories III: From Bates to Swift. 167 S. UB 9202

Liam O'Flaherty: A Tourist's Guide to Ireland. 101 S. UB 9272

Short Short Stories Universal. 30 Stories from The English-speaking World. 229 S. UB 9297

Alan Sillitoe: The Loneliness of the Long-distance Runner. 88 S. UB 9192

Muriel Spark: The Prime of Miss Jean Brodie. 189 S. UB 9193

Robert Louis Stevenson: The Bottle Imp. 59 S. UB 9157 – The Strange Case of Dr. ekyll and Mr. Hyde. 119 S. UB 9167 – Treasure Island. 334 S. UB 9258

Jonathan Swift: Gulliver's Travels. Part I: A Voyage to Lilliput. 159 S. UB 9274

James Thurber: Stories and Fables for Our Time. Ill. 88 S. UB 9232

Evelyn Waugh: The Loved One. 192 S. UB 9233

H. G. Wells: The Time Machine. 160 S. UB 9176

Oscar Wilde: The Canterville Ghost. 64 S. UB 9177 – The Happy Prince and Other Tales. 91 S. UB 9293

Virginia Woolf: Mrs Dalloway's Party. A Short Story Sequence. 93 S. UB 9196

Philipp Reclam jun. Stuttgart

Hörspiele

IN RECLAMS UNIVERSAL-BIBLIOTHEK

L. Ahlsen, *Philemon und Baukis.* 47 S. UB 8591

A. Andersch, *Fahrerflucht.* 95 S. UB 9892

A. Döblin, *Die Geschichte vom Franz Biberkopf.* 68 S. UB 9810

M. Frisch, *Rip van Winkle.* 62 S. UB 8306

W. Hildesheimer, *Begegnung im Balkanexpreß. An den Ufern der Plotinitza.* 71 S. UB 8529

F. von Hoerschelmann, *Das Schiff Esperanza.* 70 S. UB 8762 – *Die verschlossene Tür.* 63 S. UB 8367

M. L. Kaschnitz, *Caterina Cornaro. Die Reise des Herrn Admet.* 71 S. UB 8731

W. Klose, *Reifeprüfung.* 60 S. UB 8442

S. Lenz, *Das schönste Fest der Welt. Haussuchung.* 86 S. UB 8585

L. Squarzina, *Der Unfall.* 45 S. UB 9383

D. Thomas, *Unter dem Milchwald.* 107 S. UB 7930

Vier Kurzhörspiele. I. Drewitz, R. Eichelbeck, K. Werner, G. B. Fuchs. 63 S. UB 9834

W. Weyrauch, *Das grüne Zelt. Die japanischen Fischer.* 69 S. UB 8256

E. Wickert, *Der Klassenaufsatz. Alkestis.* 71 S. UB 8443

W. Klippert, *Elemente des Hörspiels.* 127 S. UB 9820

Philipp Reclam jun. Stuttgart

Zimbabwe

L'AFRIQUE GÉNÉREUSE

Pour le voyageur, le Zimbabwe est un pays généreux à bien des égards. Parcourir le pays, c'est profiter d'une grande diversité de paysages : savanes herbeuses, arborées, boisées, tapissant la majeure partie du territoire, montagnes en partie couvertes de forêts denses dans les Eastern Highlands, nombreux dômes et chaos rocheux autour d'Harare, la capitale, ou à proximité de Bulawayo, la seconde ville du pays, vallée du Zambèze bordée d'impressionnants escarpements et ponctuée par les majestueuses chutes Victoria ou le lac Kariba… Ces grands espaces sauvages hébergent une grande faune abondante : éléphants, lions, léopards, buffles, rhinocéros, hippopotames, girafes, antilopes en tous genres… Ces animaux subsistent à la faveur d'une culture bien ancrée de la conservation de la nature. Ce bestiaire aura de quoi combler le voyageur qui parcourra le riche réseau des parcs zimbabwéens : Hwange, Mana Pools, Matusadona, Gonarezhou, Chizarira, Matopos… De nombreuses étapes du voyageur témoignent, également, de la richesse historique du pays : peintures rupestres san, ruines de Great Zimbabwe (plus important monument de pierres de l'Afrique subsaharienne) ou de Khami, demeures victoriennes… La générosité du pays tient aussi à sa diversité ethnique et à sa culture féconde. Elle tient, enfin, à la bienveillance et à l'accueil de ses populations : blanches ou noires, ndebele, shona ou bien encore tonga. Voyager au Zimbabwe, c'est partir à la découverte d'une Afrique préservée, intimiste, douce, mais haute en couleur…

SOMMAIRE

6 INSPIRER

Quand partir, les incontournables, des idées de séjour, les aspects pratiques... En bref, l'essentiel pour bien préparer son voyage au Zimbabwe !

37 DÉCOUVRIR

Le Zimbabwe est un paradis pour le safari, mais il héberge également une population chaleureuse. Découvrez sa géographie, son histoire, sa population...

89 PROVINCE DE HARARE

Harare, la capitale, offre mille et une curiosités historiques ou culturelles et son environnement vous plonge rapidement en brousse...

119 CENTRE

Le centre n'héberge pas de grands parcs nationaux, mais c'est un passage obligé et l'on peut tout de même y visiter quelques réserves et sites historiques.

127 EST

C'est le territoire des « Eastern Highlands », truffés de forêts épaisses, de cascades... Une zone propice aux randonnées et à la détente.

149 SUD

Le Sud regorge de hauts lieux touristiques : Great Zimbabwe, Gonarezhou, les Matopos...

173 OUEST

C'est la principale région touristique avec l'immense parc national de Hwange et les incontournables chutes Victoria !

215 NORD

Avec le lac Kariba et des parcs nationaux tels que Matusadona, Chizarira et, bien entendu, Mana Pools, le nord du Zimbabwe a de quoi vous ravir...

237 ORGANISER SON SÉJOUR

Toutes les informations pratiques pour rejoindre le Zimbabwe, s'y déplacer, se loger et bien plus encore...